KB114822

재능 넘치는 게이머 4

덕우 장편소설

초판 1쇄 찍은 날 § 2018년 11월 12일
초판 1쇄 펴낸 날 § 2018년 11월 19일

지은이 § 덕우
펴낸이 § 서경석

총괄팀장 § 최하나
편집책임 § 김슬기
편집 § 김대용
디자인 § 고성희, 신현아

펴낸곳 § 도서출판 청어람
등록번호 § 제387-1999-000006호
등록일자 § 1999. 5. 31
어람번호 § 제1-2973호

주소 § 경기도 부천시 부일로 483번길 40 서경B/D 3F (우) 14640
전화 § 032-656-4452 팩스 § 032-656-4453
http://www.chungeoram.com
E-mail § chungeorambook@daum.net

ISBN 979-11-04-91867-4 04810
ISBN 979-11-04-91828-5 (세트)

재능 넘치는
게이머

Contents

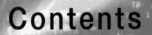

제20장
외워야 승리한다!

4시간가량 걸린 녹화 촬영을 마쳤을 때, 민허는 자신도 모르게 무거운 한숨을 자아냈다.

"방송이라는 게 힘들구나."

"이제 알았냐."

오 코치가 민허의 등을 가볍게 토닥여 줬다.

그저 나와서 말 좀 하고, 게임만 몇 판 하면 되는 줄 알았다. 그런데 방송이라는 게 그리 호락호락하지 않았다.

카메라 앞에서 말하는 것 자체가 힘든 일이었다. TGP 채널에서 기획한 게임 프로그램에 몇 번 얼굴을 비춘 적은 있지만,

공중파 출연은 그것과 별개로 더 힘이 들었다.

게다가 실제 연예인들과 같이 촬영을 하니 더 기운이 빠졌다.

그래도 무사히 촬영을 끝마칠 수 있어서 천만다행이었다.

"이제 집 가면 되는 거죠?"

"어, 그래."

오 코치가 고개를 끄덕이며 대답했다.

화영은 이미 촬영장을 벗어난 지 오래였다. 다음 스케줄이 있었기에 민허와 인사를 나누는 둥 마는 둥 하며 떠났다.

장나만과 표서현도 마찬가지였다. 그러나 아직 남아 있는 출연진이 있었다.

유민호는 이번 촬영이 잘 풀린 덕분인지 기분 좋아 보이는 얼굴을 하며 민허에게 다가왔다.

"고생하셨습니다, 강민허 선수가 잘해주셔서 이번 녹화가 잘된 거 같아요."

"아닙니다. 제가 한 게 뭐가 있다고요."

보통은 방송과 연이 없는 사람이 게스트로 나올 때, 잔뜩 얼어붙은 것을 풀어주느라 애를 먹곤 한다. 그러나 강민허는 달랐다. 유민호가 애드리브를 해도 그는 유쾌하게, 그리고 재미있게 받아줬다.

류 PD도 유민호와 같은 생각인지 그와 함께 입을 모아 강민허를 칭찬했다.

"강 선수가 방송에 재능이 있는 줄은 몰랐네요. 건너서 들은 적은 있습니다만, 이렇게 직접 눈으로 보니 다르더라고요!"

"하하, 감사합니다."

"나중에 기회 되면 또 연락드려도 될까요?"

류 PD가 조심스럽게 제안했다. 본업이 있는 사람이었기에 무턱대고 방송 출연을 거론하는 건 예의가 아니라고 생각했기 때문이었다.

민허가 이를 거절할 리 없다. 본인의 이름 세 글자를 알리는 일인데, 굳이 거절할 필요가 있을까.

인지도를 다져놓으면, 분명 커다란 이점으로 되돌아온다. 그걸 잘 알기에 개인 방송도 하고 있었다.

"예, 물론이죠. 코치님, 괜찮죠?"

"그때 가봐야 알겠지만, 그래도 연락받는 것 정도야 괜찮겠지."

오 코치에게 권한은 없지만, 그의 말대로 이야기 정도는 충분히 주고받을 수 있었다.

그렇게 훗날을 기약하며 촬영장을 떠나려고 했을 때였다.

"아, 강 선수!"

류 PD가 다급히 다가왔다.

"아까 했던 사인 약속……."

"아차! 그랬었죠. 바로 해드릴게요."

"헤헤, 감사합니다."

촬영장에서는 엄격한 호랑이 PD라 소문이 난 류 PD. 그러나 팬으로서 그는 순진한 어린 양과도 같았다.

*   *   *

아침부터 늦은 저녁까지 계속해서 이어온 16강 대비 연습 경기.

고된 시간을 끝냈을 때, 민허가 들려준 한마디는 진성에게 있어서 강한 충격을 주기에 충분했다.

"어려워."

"뭐?! 방금 너, 뭐라고 했냐."

진성이 놀란 얼굴로 되물었다. 그러자 민허가 의자에 몸을 묻은 채 기지개를 펴며 외쳤다.

"어렵다고~!"

"난 내가 잘못 들은 줄 알았네. 천하의 강민허가 어렵다는 말을 다 하다니."

"그게 현실이니까."

계속해서 서혼과 연습 경기를 펼치던 민허가 결국 간접 GG를 선언했다.

물론 연습 경기 성적은 나쁘지 않았다. 10경기라고 친다면 전부 다 민허가 이겼다.

한탄할 일이 결코 아니었다. 오히려 서혼 쪽에서 '왜 한 번도 못 이겨?!'라고 불만을 늘어놓아야 정상이었다.

그러나 기분 좋은 연승에도 불구하고 민허의 얼굴은 굳어 있었다.

"예나는 혼이보다 2배… 아니, 최소 5배 이상은 강하다고 보는 편이 더 좋아. 그러니까 이겨도 영 시원치 않더라고."

"너, 그 말. 혼이 앞에선 하지 마라. 엄청 화낼 거다."

"물론 나도 알고 있지."

그래도 어쩔 수 없었다. 서혼과 서예나. 두 사람은 같은 힐러지만, 수준 차이가 너무 났다.

민허가 만족할 만한 연습을 할 수가 없었다. 그렇다고 다른 팀의 힐러들에게 도움을 청하기도 좀 그렇다. 서예나만 한 힐러를 구하기도 어려울뿐더러, 타 팀에서 가장 많은 견제를 받고 있는 민허를 누가 도와주겠나.

게다가 R 리그가 바로 코앞이다. 타 구단이 연습 경기를 쉽게 받아줄 리 만무하다. 최대한 전력을 숨기고 싶어 할 텐데, 민허의 부탁을 들어줄 거란 기대는 애초에 하지 않는 편이 좋아 보였다.

"실력 있는 힐러를 이길 수 있는 방법이라."

진성도 옆에서 같이 고민을 해본다. 그러나 마땅한 방법은 떠오르지 않았다.

"도백필이라면 이런 난관에서도 해법을 찾을 텐데."

"형. 하필 언급을 해도 왜 그 사람이야."

"사실이잖아. 도백필의 퍼펙트 플레이만 있다면 제아무리 예나라도 힘들겠지."

"퍼펙트 플레이라……."

정교하고 완벽한 경기 운영. 그것이 도백필의 색깔이다.

혼잣말로 '퍼펙트 플레이'라는 단어를 중얼거리던 민허가 한쪽 입꼬리를 스윽 말아 올렸다.

"진성이 형, 나이스 아이디어."

"응? 내가 도움되는 말이라도 했냐?"

"어. 그것도 무진장."

갑자기 의욕이 들은 모양인지 컴퓨터 앞으로 향하는 민허였다. 그 모습에 진성은 어처구니가 없다는 표정으로 일관했다.

*   *   *

며칠 전부터 민허는 이상한 행동을 취하기 시작했다.

기술표 같은 것을 뽑아서 하루 종일 암기하듯 외우고 다녔다. 마치 수능생이 영어 단어를 암기하듯 단어장까지 만들어서 혼자서 무언가를 중얼거렸다.

그 때문일까. 오진석은 처음에 민허한테 가서 이런 말도 했었다.

"너, 게임을 너무 오래 해서 정신이 이상해진 거 아니냐."

그러나 민허는 오히려 이게 당연하다는 식으로 반응했다.

"이게 서예나를 쓰러뜨릴 비급이에요."

"도대체 어딜 봐서 비급이라는 거냐."

"그런 게 있다니까요. 그보다 오늘 경기, 어떻게 됐어요?"

"경기?"

"주장 경기요."

"아……."

순간 오진석이 목소리를 한껏 낮췄다.

굳이 말로 듣지 않아도 오 코치의 이런 반응을 보면, 결과가 어떻게 되었는지 알 것 같았다.

"떨어졌어."

오늘 저녁 6시에 16강 경기에 임했던 최승헌은 리븐 타이거즈 소속 프로게이머, 오연두한테 패배하고 말았다.

덕분에 팀 분위기는 그리 밝지 않았다.

물론 민허와 진성, 두 명의 경기가 아직 남아 있다고는 하지만, 그래도 ESA의 중심이자 팀의 주장인 최승헌의 탈락 소식은 꽤나 충격적이었다.

게다가 경기 내용도 그리 좋지 않았다.

2 대 0. 셧 다운 스코어였다. 심지어 상대방에게 제대로 된 공격조차 먹이지 못했다.

발버둥만 치다가 끝난 셈이었다. 아마 최승헌 본인도 자존심에 많은 상처를 입었을 것이다.

현재 경기를 끝내고 숙소로 돌아오는 차량의 분위기가 얼마나 무거울지 민허도 감히 상상할 수 없었다.

"나중에 승헌이 오면 분위기가 더 다운되겠지."

오 코치의 입에서 한숨이 새어 나왔다.

그때, 기가 막힌 타이밍에 인터폰 벨소리가 들려왔다.

제 발 저린 듯 현관문 쪽으로 튀어나간 오 코치가 방문자를 확인했다.

잠금장치가 해제되자마자 허 감독과 최승헌이 모습을 드러냈다.

"그… 뭐시기냐……. 수고하셨습니다, 감독님. 승헌이, 너도 고생했고."

"……."

그저 고개만 살짝 끄덕인 채 자신의 방으로 들어가 버리는 최승헌이었다. 그에게 뭐라 위로의 말을 해줘야 좋을지 생각이 잘 나지 않았다.

개인 리그 16강도 사실은 잘한 거다. 그러나 경기 내용이 좋지 않다는 점이 최승헌을 괴롭혔다.

이 부분에 대해서는 허 감독도 매번 지적을 했다. 그러나 이 이상 스스로의 벽을 넘지 못하고 탈락의 고배를 마셔야 했다.

분위기를 전환하기 위함인지 오 코치가 허 감독에게 물었다.

"나 코치는요?"

"주차하고 바로 올 거다. 오 코치도 오늘 경기 봤지?"

"예. 선수들이랑 같이 방송으로 봤습니다. 아쉬웠어요."

"어쩔 수 없지. 모든 선수가 항상 이기기만 하는 건 아니니까."

이길 때가 있으면 질 때도 있다. 그래도 최승헌은 민허가 들어오기 전까지만 하더라도 ESA라는 팀명을 달고서 많은 활약을 펼쳐줬다. 주장으로서 여기까지 팀을 견인해 온 것만으로도 잘한 일이다.

그러나 사람의 욕심은 끝이 없는 법. 잘한다 소리를 한번 듣기 시작하면 계속해서 듣고 싶은 게 사람의 본성이다.

노력을 해봤지만, 최승헌의 행보는 16강에서 막을 내려야 했다.

경기 결과는 사실 중요치 않다. 허 감독은 16강이라는 성적도 충분히 잘했다고 생각했으니까.

그러나 문제는 이 이후부터다.

"오 코치."

"예, 감독님."

"너도 눈치챘겠지만, 승헌이 경기력이 갈수록 안 좋아지고 있어. 이러다가 슬럼프 올 수도 있으니까 나 코치랑 너, 둘이서 승헌이 잘 챙겨줘."

"네, 알겠습니다."

"주장이 무너지면 팀이 무너지는 거야. 그 점, 잘 상기하고."

"예."

"그리고."

허 감독의 시선이 민허에게 향했다.

이들의 대화를 몰래 엿듣고 있던 민허가 뒤늦게 신경 안 쓰는 척하면서 식사에 열중하기 시작했다.

"다 듣고 있었잖아. 이제 와서 어설픈 연기하긴."

"들켰어요?"

"넌 게임은 잘하는데, 연기 실력은 별론 거 같다."

"감독님 말씀 새겨들을게요. 나중에 방송 쪽으로 일이 들어와도 배우 쪽으로는 안 가기로."

"그래. 좋은 결심이다."

그러나 고작 민허에게 이런 이야기나 해주려고 그를 찾은 게 아니다.

"16강 준비, 잘 되어가고 있지?"

"아직까지는요."

"듣자 하니 준비하는 데에 어려움 많다고 하던데. 하긴, 힐러 연습 상대를 구하는 것 자체가 어려우니까."

그래도 민허라면 없던 신뢰감도 생길 정도였다.

그에게 다가간 허 감독이 어깨를 토닥였다.

"이번에도 믿어보마."

"우승하면 또 뭐 해주실 건가요?"

"우승컵만 가져온다면야 해달라는 거 최대한 다 해줄 수 있지. 물론 '최대한'이지만."

자신의 권한이 닿는 한, 민허에게 많은 혜택을 부여하고 싶다. 로얄로더에게 까짓것 그것도 못 해주겠나.

민허의 미소가 짙어졌다.

*　　　*　　　*

매번 본선 마지막 경기 일정에 배치되었던 민허였으나, 이번 16강부터는 달랐다.

마지막 16강 경기 바로 앞 순서가 민허와 예나의 경기다.

물론 끝자락인 건 변함이 없지만, 그래도 맨 마지막이 아니라는 점에 의의를 두고 싶었다.

대신, 끝자락 경기 일정은 진성의 것이 되어버렸다.

매도 먼저 맞는 게 심적으로 더 편할 터. 대기실에 위치한 민허를 부럽다는 식으로 바라보는 진성의 눈빛에서 그의 심정을 읽을 수 있었다.

그러나 경기 일정 순서보다 더 중요한 게 있다.

8강에 진출하느냐, 마느냐의 여부다.

민허는 마지막에 마지막 순간까지도 프린트로 뽑은 암기장을 응시했다.

"…홀리 크로스. 15초. 어나드의 갑옷 착용 시 2초 추가. 17초……."

대기 시간이 거의 다 끝나갈 때, 진행 요원이 대기실을 찾았다.

"강민허 선수, 곧 경기 시작할 테니까 준비해 주세요."

"예."

기운차게 일어선 민허가 오 코치와 함께 대기실을 나섰다.

가볍게 몸을 풀며 부스 안으로 입장할 때, 맞은 편 부스 안에 같은 타이밍에 들어서는 서예나가 보였다.

두 사람이 우연히 눈을 마주쳤다.

서예나는 평소와 다르게 승부사로서의 눈을 하고 있었다.

'직업만 힐러지, 눈빛은 웬만한 공격수 못지않네.'

민허도 모르게 절로 이런 생각이 들었다.

강민허 VS 서예나.

두 프로게이머가 경기를 시작하기 위해 부스 안에 자리를 잡았다.

그러는 동안에 민영전 캐스터를 비롯해 중계진들이 이번 경기의 양상이 어떻게 흘러갈지에 대한 예상을 하나씩 오픈했다.

"두 해설 위원분은 누가 이길 거라 보시나요?"

"제가 보기에는 서예나 선수가 이기지 않을까 생각합니다."

"저도요."

하태영과 서이우, 두 사람은 공통된 의견을 내놓았다.

힐러가 PvP에서 다소 불리한 점이 있는 건 맞다. 그러나 그건 평범한 힐러일 때의 이야기일 뿐, 서예나가 파일럿으로 있는 힐러 캐릭터는 대세 직업들과 비교해도 크게 부족할 게 없었다.

오히려 그들을 압도하는 모습을 보여왔다. 실제로 개인 리그 16강 진출자 중에서 힐러 클래스는 오로지 서예나 단 한명밖에 없었다. 비단 16강뿐만이 아니었다. 본선 무대에 올라온 사람들 중에서 서예나만이 힐러 포지션을 맡고 있었다.

그럼에도 불구하고 해설자들이 서예나의 승리를 점친 건

그녀가 보여준 그간의 경기들 때문이었다.

특히나 서예나는 근접 클래스 킬러라 불릴 만큼 근접 전사들을 잘 잡기로 소문이 나 있었다.

하필이면 민허의 클래스는 격투가다. 게다가 라울은 다른 캐릭터와 다르게 레벨링이 되지 않은 쪼렙이다. 그러니 예나의 승리를 예견하는 건 어찌 보면 당연했다.

"그럼 승자 예측 현황부터 살펴보도록 할까요."

게임 팬들을 비롯해 업계 관계자 등 다양한 사람들의 의견을 수록해 모은 승자 예측 데이터.

민허가 이길 것인가, 예나가 이길 것인가. 대중들은 과연 어떻게 생각할지 귀추가 주목되었다.

결과가 공개되는 순간, 여기저기서 탄성이 흘러나왔다.

강민허가 48%, 서예나가 52%였다.

차이가 나긴 하지만, 5% 내외다. 이 정도면 거의 비등비등하다 봐도 무방했다.

"굉장하군요. 솔직히 말해서 놀랐습니다."

하태영 해설 위원이 뜬금없이 이런 말을 꺼냈다.

"어떤 점이 놀랍다는 건가요?"

"서예나 선수의 경기력이 얼마나 뛰어난지에 대해선 여기 있는 모두가 다 알고 있는 점입니다. 그럼에도 불구하고 강민허 선수가 거의 근접하게 따라붙었다는 게 놀랍습니다. 확실히 강민허 선수가 실력적인 면이나 인지도 면이나 성장을 많이 했네요."

승자 예측은 경기력에 따라 달라지지만, 다른 말로 표현하면 이건 인기도 투표와 다를 바 없었다.

좋아하는 선수가 이겼으면 하는 마음에 승자 예측 투표에서 응원하는 선수에게 표를 행사하는 경우가 적지 않다. 예나는 여성 프로게이머로서 상당히 많은 인기를 끌고 있는 선수 중 한 명이다. 게임도 잘하고, 게다가 예쁘기까지 하다. 그러니 호감이 안 갈 수 없었다.

그럼에도 불구하고 승자 예측은 엇비슷하게 나왔다. 하태영 해설 위원은 승자 예측 데이터 결과를 인지도와 연결시켜 봤다. 그러니 강민허의 두드러진 성장세에 놀라지 않을 수가 없었다.

날이 갈수록 높아지는 민허의 인지도. 그러나 여기서 탈락하면 말짱 꽝이다.

"오랫동안 기다리셨습니다!"

민영전 캐스터가 다시 한번 텐션을 끌어 올렸다.

"지금부터 16강 일곱 번째 경기를 시작하겠습니다!!!"

강민허와 서예나의 살 떨리는 경기가 드디어 막을 올렸다.

* * *

서예나가 경기에 들어가자마자 무엇을 할 것인가에 대해선 군이 조사해 볼 필요도 없었다.

그녀는 힐러다. 힐러가 다른 클래스를 압도하려면 그만큼 많은 버프를 자신에게 걸어야 한다.

시작하자마자 무수한 버프를 걸어대기 시작하는 서예나. 그녀의 행동은 이미 민허가 예상했던 것이다.

민허가 이걸 가만히 놔둘 리 없었다.

"내가 성격이 좀 못돼서 말이야. 남 잘되는 꼴은 못 보거든!"

민허가 입맛을 다시며 라울을 전진시켰다.

경기가 펼쳐질 맵은 투기장. 아무런 오브젝트도 없는 평평한 지면 타일을 지닌 전장이다. 그나마 특징이 있다고 한다면, 맵 크기가 다른 맵에 비해 작다는 점이었다.

아무런 기교 없이 오로지 서로 순수한 실력대결로 결판이 나기에 가장 노멀한 맵으로 손꼽힌다.

라울이 다가오는 것을 알아차린 예나가 그럴 줄 알았다며 바로 스킬 커맨드를 입력했다.

[터닝 실드]
[쿨타임: 40초]

[힐러 전용 스킬]

[5초간 물리 공격을 전부 무효화시킨다.]

예나가 근접 공격 클래스 킬러라 불리는 이유가 바로 여기에서 나온다.

터닝 실드. 5초간 모든 물리 공격을 무효화시킨다. 그러나 예나가 착용하고 있는 세트 아이템 효과 덕분에 3초의 효과 지속 시간이 추가된다.

도합 8초. 얼마 안 되는 것처럼 보일지 모르지만, 그 8초 안에 예나는 아무런 방해도 받지 않고 버프를 2~3개 걸 수 있다.

그것만으로도 충분하다.

'터닝 실드. 아이템 효과로 8초. 오케이.'

예나가 터닝 실드를 발동하자마자 민허의 시선이 오른쪽 상단에 위치한 디지털 시계 쪽으로 향했다.

그러는 동안, 예나는 거침없이 버프를 걸기 시작했다.

이동속도 증가, 캐스팅 속도 증가, 물리 반사 버프 등등.

풀 버프를 걸면 힐러가 오히려 격투가, 전사보다 더 강한 근접 스탯을 지니게 되는 상황까지 발생한다.

예나는 이런 방식으로 많은 승수를 챙겨왔다.

이번에도 1승을 챙기는 데에 어려움은 없어 보였다.

'강민허. 뭔가 기대했었는데 별거 없네.'

예나가 입꼬리를 말아 올렸다. 제아무리 날고 기는 라울이라 하더라도 터닝 실드 앞에서는 무기력하다.

그러나 민허가 이걸 예상 못 했을 리 없었다.

앞으로 돌진해 오던 라울이 대뜸 이동을 멈췄다. 그러더니 스킬 캐스팅 자세를 취했다.

"저건……?!"

예나의 동공이 크게 확장되었다.

민허가 무엇을 하려는지 잘 알고 있었기 때문이다.

"에너지 파!!"

마치 음성 인식이라도 되는 것처럼 민허의 외침에 라울의 양손에서 기공탄이 뻗어 나갔다.

기공탄은 마법 공격으로 판정된다. 그 말은, 터닝 실드의 영향력에 들지 않는다는 소리와도 같았다.

"진짜 사람 귀찮게 만드네!"

경기 시작 이후, 예나가 처음으로 짜증을 냈다.

터닝 실드 하나만 믿고 여유 부리던 과거의 그녀는 온데간데없이 사라졌다.

기공탄 한 대 맞고 아웃당할 위기까지 가거나 하는 그런 건 아니다. 예나의 직업은 힐러다. 기공탄을 정면으로 맞았다 하더라도 힐로 HP를 채우면 그만이다.

그럼에도 불구하고 예나가 짜증을 낸 건 캐스팅 때문이었다.

중간에 공격을 당하면 캐스팅이 취소된다. 물론 슈퍼 아머 버프를 걸면 강직 100% 판정을 받아 공격을 계속 입어도 캐스팅이 캔슬되지 않게 만들 수 있었다. 하나 예나는 터닝 실드만 있으면 대미지가 들어오지 않고, 캐스팅이 캔슬될 염려도 없다는 판단을 해서 일부러 슈퍼 아머 버프를 걸지 않았다.

두 수 앞을 내다보지 못한 예나의 실수였다.

그래도 아직 상관없다. 걸려 있는 버프가 3개 정도는 되니까.

게다가 다시 터닝 실드 타이밍을 노리면 된다. 40초만 버티다 보면 쿨타임이 돌 테고, 그때는 슈퍼 아머와 터닝 실드, 두 가지를 동시에 걸면 된다.

한편, 민허가 마치 최면에 걸린 것처럼 목소리를 낮춘 채 읊조렸다.

"…5초, 6초, 7초……."

7초가 되었을 때, 민허가 빠르게 기술을 시전했다.

라이트닝 어퍼. 물리 공격 기술이다.

"8초."

정확한 타이밍에 라이트닝 어퍼가 예나의 캐릭터에 적중했다.

터닝 실드가 풀리는 타이밍을 머릿속에 끊임없이 계산하던 민허가 딱 8초가 되는 순간, 라울을 앞으로 돌진시켜 라이트닝 어퍼를 시전시킨 것이다.

예나는 라이트닝 어퍼까지는 터닝 실드에 가로막힐 줄 알았다. 그러나 타이밍 계산은 민허가 훨씬 정확했다.

"큭!"

예나가 입술을 잘근 깨물었다.

이건 치명타다! 라이트닝 어퍼 한 방이 무서운 게 아니다. 그 뒤에 이어지는 라울의 10단 공중 콤보가 무서운 것이다.

그러나 공중에 떴음에도 불구하고 라울은 공격을 하지 않았다.

민허는 알고 있었다.

'걸려 있는 버프 중 하나가 쏜즈였지.'

쏜즈는 물리 대미지를 받은 만큼 상대방에게 돌려주는 스킬이다. 라이트닝 어퍼를 쓸 때 자신의 HP가 줄은 것을 확인할 수 있었다. 지금 민허가 당장 콤보를 넣는다 하더라도 오히려 민허만 손해를 본다.

그래서 민허는 다시금 기공탄을 발동시켰다.

"두 번째 에너지 파다!"

지면에서 맞는 것보다 공중에서 맞는 것이 더 많은 대미지를 입는다. 에어리얼 판정 때문이었다.

마법 대미지는 쏜즈로 반사시키지 못한다. 그래서 일부러 민허의 유일한 마법 공격 수단인 기공탄을 사용했다.

두 번의 기공탄과 한 번의 라이트닝 어퍼를 허용함으로 인해 꽤 많은 HP 손실을 입었다.

하나 거기서 끝이 아니었다.

예나의 캐릭터가 바닥에 떨어졌을 때, 민허가 뒤늦게 콤보를 입력했다.

라울의 오른손 주먹이 예나에게 적중하기 직전.

—System: 쏜즈 효과가 끝났습니다.

"!!!!!"

라이트닝 어퍼에 당할 때와 같은 상황이었다.

민허는 쏜즈가 끝나는 타이밍을 칼같이 계산했다! 단 1초도 차이 나지 않았다. 컴퓨터가 아니면 불가능해 보이는 날카로운 타이밍 재기를 민허는 아무렇지도 않게 두 번 연속 성공시켰다.

"이게 말이 돼?!"

어이가 없는 게 당연했다. 버프 끝나는 타이밍을 어떻게 초 이하 단위로 계산하겠나. 가뜩이나 정신없는데 말이다.

그러나 민허는 아무렇지도 않게 그것들을 해냈다.

타이밍 계산도 그렇지만, 지속적인 HP 손실 역시 신경 쓰였다.

힐러 캐릭터는 지능형 캐릭터다. 그렇기에 방어력과 HP가 낮을 수밖에 없었다.

게다가 아직 예나가 원하는 버프들을 다 걸지 못했다. 이대로 계속 공격을 허용하다간, 1세트는 민허가 가져갈 것이 틀림없다.

'당사자인 나보다 타이밍을 더 정확하게 계산하고 있어! 어쩌지?!'

천하의 서예나조차 당황하게 만드는 민허의 놀라운 플레이는 계속 펼쳐졌다.

버프를 걸려고 하면 기공탄이, 버프가 끝날 때 즈음에는 정확한 타이밍 계산을 앞세운 공격을.

정신을 못 차릴 정도였다.

악순환이 계속된 결과.

—System: [나이트메어]서예나 님이 아웃당했습니다.
—System: [ESA]강민허 님의 승리입니다!

한 손을 번쩍 들어 올리는 민허의 퍼포먼스에 관중들이 열광했다.

중계진들도 방금의 경기 내용에 입을 쩍 벌려 감탄했다.

"세상에! 강민허 선수! 서예나 선수의 버프 타이밍을 정확하게 계산하고 들어갔습니다!"

"단 0.1초의 오차도 없었네요. 정말 놀랍습니다. 뭐라 할 말이 없을 정도예요!"

서예나를 쓰러뜨리기 위해 뽑아 든 민허의 필살기.

그것은 바로 타이밍 계산 연습이었다.

민허가 들고 다녔던 것은 힐러가 사용하는 기술표. 쿨타임, 지속 시간까지 다 적혀 있는 그 종이를 하루 종일 붙잡고 다니며 외우고 또 외웠다.

그것도 부족해 시계로 타이밍을 재는 연습까지 했다.

민허에게 필요한 건 오로지 완벽한 타이밍. 그의 경기 플레이는 마치 도백필의 퍼펙트 플레이를 연상케 만들었다.

아니, 실제로 그의 플레이를 롤 모델로 삼아 만든 작전이다. 그러니 비슷할 수밖에 없었다.

하나 경기는 아직 끝이 아니다.

이제 겨우 첫 번째 세트를 가져왔을 뿐. 두 번째 세트까지 가져와야 8강에 진출할 수 있다.

반면, 서예나는 탈락 위기를 맞이하고 말았다.

'이번 경기에서 지면 떨어지는 거야. 정신 차려, 서예나!'

애써 평정심을 유지했다.

예상치 못한 일격을 당했지만, 그녀는 프로다. 이런 위기는 수도 없이 넘어왔다.

'두 번째 경기부터 반격하면 돼!'

서예나가 다시금 투기를 끌어 올렸다.

서예나가 사용하는 캐릭터의 모든 스킬들에 관련된 시간을 전부 다 암기했다.

덧붙여 그에 따라 타이밍 계산 연습도 철저하게 거듭했다. 그러니 도백필의 퍼펙트 플레이가 민허의 경기에서 나올 수밖에 없었던 것이다.

이것이 민허가 뽑은 대서예나전 필승 전략이다.

대기실에서 민허의 경기를 지켜보던 허 감독이 혀를 내둘렀다.

"우리 팀 선수지만, 진짜 보면 볼수록 괴물 같은 녀석이군."

"그러게 말입니다."

나 코치도 깊이 공감하는 바였다.

코치직을 맡으면서 민허 같은 케이스는 지금까지 본 적이 없었다.

감독과 코치조차 생각하지 못하는 창의적인 방법으로 매 순간 위기를 극복해 간다.

아니, 이번 경우는 창의적이라고 보기에는 다소 무리가 있었다. 정공법이라는 단어가 더 어울리지 않을까.

그것도 지독하리만큼 정확한 정공법이다.

"어쩐지. 뭘 외우고 다니나 싶더니만, 저거였군요."

"응? 나 코치. 너도 몰랐어?"

"예. 뭘 그리 보고 다니냐고 물었는데, 민허 녀석이 아무것도 안 가르쳐 주더라고요."

"허허, 거참."

허 감독이 옅은 웃음을 터뜨렸다.

민허가 나 코치에게 비밀로 한 이유가 뭔지 대충 알 것 같았다.

정보 통제다.

필살 전략인 만큼 보안이 생명이다. 조금이라도 이 기밀이 새어 나간다면, 그것은 더 이상 필살기가 아니게 되어버린다.

그래도 같은 팀 사람은 믿을 만하거늘. 민허는 그것조차 허용하지 않았다.

다른 방면에서 보자면 괘씸하게 느껴질지도 몰랐다. 그러나 민허는 이기기 위한 변수를 최대한 만들지 않는 합리적인 선택을 했다. 그래서 허 감독도, 나 코치도 민허의 행동에 잘잘못을 가릴 생각은 없었다.

이기기만 하면 그만이니까.

하지만 아직 민허가 8강 진출을 확정 지은 건 아니었다.

아직 한 경기가 더 남았기 때문이다.

"민허가 예나를 이길 수 있을까요?"

나 코치가 걱정과 호기심을 담아 물었다. 모니터 화면에 시선을 고정시킨 허 감독이 솔직하게 답했다.

"나도 모르겠다."

서예나라면 분명 민허의 수법을 알아차렸을 것이다. 그녀라면 분명 대책을 강구할 터. 그렇기에 이번 승부는 한 치 앞도 예상하기 힘들었다.

"개인적으로는, 민허가 이겼으면 좋겠군."

"감독님. 무조건 저희 선수가 이겨야죠. 그 말은 지극히 당연한 겁니다."

"하긴, 그렇지."

이번에는 어떻게 해서든 우승자를 배출하고 싶다.

R 리그 개막 전에 팀에서 개인 리그 우승자가 나온다면, 사기에 분명 큰 도움이 될 것이다.

허 감독이 욕심과 소망을 가득 담아 이렇게 말했다.

"올해는 ESA의 해로 만들고 싶은걸."

*　　　　*　　　　*

두 번째 경기가 시작되기 전.

가벼이 손을 푼 민허가 머릿속을 정리하기 시작했다.

"자, 이제 어쩐다."

필살의 암기 전략으로 첫 번째 세트를 가져오는 데에 성공했다. 그러나 두 번째에서도 암기 작전이 통할지 의문이 좀 들었다.

그래도 어쩔 수 없었다. 민허는 이 작전에 모든 것을 걸어야 한다. 안 그러면 역으로 예나에게 당할지도 모른다.

민허는 오늘, 이런 생각을 가지고 나왔다.

경기가 세 번째 세트까지 간다면 자신이 질 것이다. 그러니 어떻게 해서든 두 번째 경기에서 승리를 확정지어야 한다.

―System: 곧 대전이 시작됩니다.

―System: 3, 2, 1⋯ Fight!

내비게이터의 음성이 끝나자마자 예나가 바쁘게 버프를 걸기 시작했다.

힐러를 상대할 때에는 힐러가 어떤 버프들을 순차적으로 거는지 유의해서 볼 필요가 있었다. 거기에 따라 대응 방식이 달라지니 말이다.

첫 번째로 예나가 건 버프가 중요하다.

—System: [나이트메어]서예나 님이 슈퍼 아머 스킬을 발동
했습니다.

[슈퍼 아머]
[쿨타임: 45초]
[지속 시간: 5초]
[공용 스킬]
[발동 시 강직이 500% 상승]

"역시 그쪽인가."

앞선 세트에선 터닝 실드를 첫 번째 발동 스킬로 꼽았었다.
그러나 그것은 민허의 기공탄 스킬로 인해 무너졌다.

HP 손실을 입더라도 버프를 먼저 거는 게 더 이득이라 판
단을 한 모양이다.

슈퍼 아머라 하더라도 무적은 아니다. 강직 때문에 캐스팅
이 취소가 되지 않을 뿐, 공격을 받으면 HP가 깎이는 건 변함
이 없다.

여기서 민허가 택할 수 있는 건 하나뿐이었다.

'무방비 상태일 때 최대한 많은 딜을 넣는다!'

라울이 빠르게 움직였다.

맵이 그리 크지 않았기에 순식간에 예나의 앞에 도달할 수

있었다.

이후 민허가 가할 수 있는 모든 공격을 다 꽂아 넣었다. 그러는 동안에도 예나는 슈퍼 아머 효과가 지속될 때까지 계속해서 버프를 시전했다.

본래 슈퍼 아머의 지속 시간은 5초에 불과하다. 그러나 이것도 터닝 실드와 마찬가지로 예나가 착용하고 있는 세트 아이템 효과 덕분에 3초가 더 추가되어 8초의 지속 시간을 유지했다.

물론 민허도 이와 같은 사실을 잘 인지하고 있었다.

"…5초, 6초, 7초……."

곧 있으면 버프 타이밍이 끝난다.

"8초!"

이번에도 역시나 마찬가지로 라이트닝 어퍼가 시전되었다. 그러나 같은 방법에 두 번이나 당할 예나가 아니었다.

민허가 라이트닝 어퍼를 시전하는 모션을 봤을 때, 예나는 일찌감치 버프 거는 걸 포기하고 거리를 벌렸다.

슈퍼 아머가 지속되고 있었음에도 불구하고 깔끔하게 버프 걸기를 포기한 것이다.

예나로서는 어쩔 수 없는 선택이었다.

"아까처럼 공중에서 콤보 맞느니, 그냥 버프 하나를 포기하는 게 이득이지!"

그리고 이 이상 HP가 깎이면 안 된다.

여기서부터는 힐을 해야 한다. 그래야 민허와 대등한 경기를 벌일 수 있다.

하나 예나가 생각했던 것보다 HP 손실이 너무 컸다.

민허는 예나가 슈퍼 아머 스킬을 사용하는 것을 보자마자 온갖 딜을 쏟아부었다. 슈퍼 아머가 발동된 시점부터 8초 동안 예나가 아무런 공세도 취하지 않을 거란 믿음을 가지고 있었기 때문이었다.

그리고 그의 믿음은 정확하게 맞아떨어졌다.

"열받아, 열받아, 열받아!!!"

예나의 손에 쓸데없는 힘이 들어갔다.

마치 민허의 손바닥 위에서 놀아난 느낌이 들었기 때문이었다.

이 감정의 정체가 무엇인지 예나는 잘 안다.

굴욕이다.

민허가 화제의 중심에 서 있는 프로게이머라 하더라도 예나는 그보다 훨씬 더 많은 경험과 수상 이력을 지닌 여성 프로게이머였다. 게다가 상대는 만렙도 아닌 쪼렙이다. 그런 신인에게 경기를 내줘야 한다는 게 예나를 짜증 나게 만들었다.

이 감정은 곧 평정심을 잃게 만드는 결정적인 계기가 되었다.

두뇌 회전이 너무 느려졌다. 빨리 힐을 해서 HP를 채워야한다는 것과 좀 더 많은 버프를 걸어야 한다는 압박감이 예나를 짓눌렀다.

'설마 나, 여기서 떨어지는 거야?'

스스로 자문자답을 했다.

예상되는 결과는 그리 밝지 않았다.

한편, 초반 공세로 경기의 흐름을 빼앗아 온 민허가 다시금 공세를 취했다.

그 모습을 보는 순간, 예나가 터닝 실드 스킬을 발동시켰다.

슈퍼 아머가 없는 이상, 터닝 실드를 걸어서 피를 회복해야한다. 그렇지 않으면 자칫 잘못하다가 아웃당할지도 모른다.

하나 터닝 실드는 돌파구가 되지 못했다.

힐 스킬이 캐스팅되는 동안, 라울의 기공탄이 그녀를 엄습했다.

―System: 홀리 가드너가 캔슬되었습니다.

'버프를 걸 수 없어!'

기공탄 때문에 계속해서 스킬이 캔슬된다. 이 현상이 반복되면 터닝 실드를 발동시켰음에도 불구하고 아무런 버프를 걸지 못할 수도 있었다.

게다가 기공탄은 쿨타임이 긴 편이 아니다. 격투가 클래스의 기본 스킬이기 때문에 쿨타임도 비교적 짧은 편.

거기에 더해 민허가 세팅해 온 아이템들의 효과에는 기공탄의 쿨타임을 줄여주는 템들이 꽤 있었다.

한번 발동된 기공탄은 2~3초 뒤에 다시 한번 더 사용할 수 있었다. 예나 입장에선 참으로 갑갑한 상황이었다.

그렇다고 슈퍼 아머를 발동시켜 봤자 별다른 의미가 없다. 이때다 싶어 오히려 민허가 폭딜을 넣을 게 뻔했기 때문이었다.

'처음부터 자힐을 막으려는 심산이었어!'

첫 세트 목표는 버프를 걸게 방해하는 것.

그리고 이번 세트의 목표는 힐을 못 하게 하는 것이었다.

버프와 힐을 빼면 힐러에게 남는 게 뭐가 있단 말인가. 때리기 딱 좋은 샌드백이나 다를 바 없었다.

계속 누적되는 대미지. 파훼법은 보이지 않았다.

HP가 0이 되는 순간, 민영전 캐스터가 목소리를 높였다.

"서예나 선수!! 기어코 아웃……."

"아니요, 아직입니다."

서이우 해설 위원이 그의 말을 도중에 끊었다. 하태영이 대신 멘트를 이어갔다.

"서예나 선수에게 아직 부활 스킬이 남아 있거든요. 그래서 경기가 끝났다고 보기는 힘듭니다."

"아! 그렇군요!"

워낙 경기가 치열하게 흘러간 덕분인지, 민영전 캐스터는 미처 서예나에게 부활 스킬이 걸려 있다는 걸 알아차리지 못했다.

그렇다. 이들의 말대로 아직 게임은 끝나지 않았다.

기어코 HP가 바닥을 보였을 때, 예나의 캐릭터가 도중에 죽음을 맞이했다.

그러나 게임은 여전히 계속되고 있었다.

민허도 알고 있었다. 긴박한 상황에서 예나가 필사적으로 건 스킬이 무엇인지를.

[여신의 권능, 부활]
[쿨타임: 20분]
[힐러 전용 스킬]
[지정한 대상을 한 번 다시 생존시킨다.]
[부활로 다시 살아난 대상은 온전한 상태로 되살아난다.]

이것이 예나가 꺼내 들 수 있는 마지막 최후의 한 수다. 하나 부활의 무서운 점은 바로 마지막 스킬 설명 문구에 있다.

[부활이 발동될 시, 되살아난 이후 10초간 무적 상태가 된다.]

10초 동안의 무적은 경기의 흐름을 완전히 뒤바꿀 수 있을 만큼 엄청난 메리트다.

즉, 예나는 아무런 방해도 받지 않고 10초 동안 자신이 걸고 싶은 버프를 계속해서 걸 수 있다는 말과도 같았다.

예나의 입꼬리가 위로 향했다.

"아까는 부활 스킬을 써보기도 전에 죽었지만, 이번만큼은 그렇게 쉽게 안 될 거야."

HP를 내주면서까지 어떻게 해서든 걸고 싶었던 스킬이 바로 부활이다.

기어코 성공했다!

민허도 부활 스킬을 가지고 있다는 건 알고 있었다. 그러나 이건 막을 방법이 없었다.

예나가 마음먹고 버프를 걸려고 하면, 최소 2~3개는 성공 시킬 수 있다.

그중 하나가 부활 스킬이었다.

짧게 한숨을 내쉰 민허가 모니터를 응시했다.

"2페이즈 시작이냐."

＊　　　　＊　　　　＊

경기 양상이 이상하게 흘러가기 시작했다.

서예나를 아웃 직전까지 몰고 간 민허였으나, 스킬 한 방에 역전이 되고 말았다.

아까보다 훨씬 더 나아진 환경으로 버프를 걸어대는 예나. 10초가 끝나기도 전에 벌써 다섯 개의 버프를 거는 데에 성공했다.

이후에도 슈퍼 아머를 걸고서 추가 버프를 시전했다. 그동안 민허는 기다렸다는 듯이 딜을 넣었다.

HP의 3분의 1을 깎아내는 데에 성공했다.

슈퍼 아머가 끝나자마자 민허가 칼 같은 타이밍으로 다시금 공중 콤보를 노렸다. 그러나 그보다 예나의 움직임이 더 빨랐다.

퍼엉!!!

그녀의 주변에 강한 풍압이 몰아쳤다. 상대방을 넉백시키는 기술, 윈드 밤이었다.

자세를 바로 잡은 라울이 다시 공격 모션으로 들어갔다. 보통 이런 양상이 되면, 예나는 도망치기 바빴다.

하나 지금은 달랐다.

"원하는 버프는 다 걸었어. 이제 아웃당할 준비나 하라고, 강민허!"

예나가 강한 자신감을 드러냈다.

본 게임은 이제부터 시작이다.

원하는 모든 버프를 거의 다 걸었다.

연습 경기 때에도 이렇게 많은 버프를 걸어본 적이 없을 정도였다. 부활 스킬이 터졌을 때, 이런 반작용이 있다는 건 민허도 알고 있었다.

그럼에도 불구하고 이 사태가 벌어진 건 어쩔 수 없었다.

막을 방도가 없었기 때문이었다.

'최악의 시나리오네.'

침이 절로 넘어갔다.

3세트까지 경기를 끌고 간다면 민허의 패배다. 본인이 스스로 그렇게 생각하고 왔을 정도였다. 그래서 가급적이면 2세트에서 빠르게 경기를 끝내고 싶어 했다. 그러나 예나는 민허가 생각했던 것보다 훨씬 더 강한 상대였다.

평소에 스스럼없이 같이 파티도 하고 그러다 보니 예나의 강함을 제대로 인지하지 못했었다.

무대 위에서의 서예나는 강하다! 이 사실을 유감없이 체감했다.

문제는 지금부터다.

한편, 강한 자신감을 얻은 예나가 승리를 확신하듯 미소 지었다.

"이겼네."

부활 스킬은 이제 더 이상 사용할 수 없다. 쿨타임이 워낙 긴 탓에 웬만한 PvP 경기에선 한 번 정도밖에 발동할 수 없었다.

물론 다음 쿨타임이 돌 때까지 경기를 질질 끄는 것도 하나의 방법이다. 그러나 그건 예나의 스타일이 아니었다.

그리고 지금 상황은 서예나에게 압도적으로 유리하다.

이 정도면 해볼 만하다! 그 생각이 곧 자신감으로 변환되었다.

"수고했어, 강민허. 그치만 너도 여기까지네."

예나를 이렇게까지 몰아붙였던 선수는 거의 없다시피 했다.

그 명단에 이름을 올리기 직전까지 갔었던 민허지만, 그것도 이제는 끝이었다.

"잘 가."

예나의 캐릭터가 앞으로 빠르게 치고 나갔다.

이전에는 도망만 다니던 태도와 다르게 적극적이었다.

그럴 수밖에. 거의 풀 버프를 걸었으니, 이때 아니면 오히려 예나가 손해다.

"……"

말없이 예나의 움직임을 주시하던 민허. 그의 손이 다급해 졌다.

뒤에서 민허의 플레이를 지켜보던 진행 요원의 시선이 키보 드, 마우스 위로 향했다.

'아까보다 더 빨라졌는데.'

마치 손과 발에 엄청 무거운 추를 달고 있던 주인공이 추를 벗어 던진 듯한 그런 움직임이었다.

서예나와 경기를 펼치는 동안, 민허가 이렇게 빠른 손놀림 을 선보인 적은 못 봤었다.

모든 커맨드 입력이 끝났을 때.

놀라운 일이 발생했다.

스태프에서 메이스로 무기를 바꾼 예나가 매서운 공격을 날렸다. 기본 평타인데도 불구하고 공격 속도가 가히 상상조 차 할 수 없을 정도로 빨랐다.

공속 위주의 물리 공격 캐릭터조차도 저런 속도는 내지 못 할 것이다.

그러나 민허는 우습다는 듯이 평타 공격을 피해 버렸다.

아무런 스킬도 쓰지 않았다. 그저 움직임 하나만으로 회피 동작을 펼쳤다.

처음에는 우연이라 생각했다. 그러나 두 번, 세 번. 계속해 서 무기를 붕붕 휘두르는 예나였지만 그녀의 공격은 라울의 머리카락조차 스치지 못했다.

우연이 점점 필연이 되어갔다.

"왜 못 맞추는 거야!"

당황할 만도 했다.

버프를 걸면 무엇 하겠나. 맞추지 못하면 말짱 꽝이다.

있을 리 없는 일이 벌어졌다. 거의 풀 버프에 가까운 상황에서 예나가 상대방에게 평타조차 맞추지 못한다니. 이건 말이 안 된다.

클래스가 힐러이긴 하지만, 예나의 피지컬은 결코 낮은 편이 아니었다.

오히려 다른 선수들에 비해 월등했다. 힐러라고 해도 반드시 손이 느린 사람이 해야 한다는 법칙 같은 건 없었으니 말이다.

그럼에도 불구하고 민허는 여유롭게 그녀의 공격을 피해냈다.

원인은 정말로 간단했다.

민허의 피지컬이 그녀보다 월등했다.

'버프를 이렇게나 걸었는데도 따라잡지 못한다는 거야?!'

예나가 입술을 잘근 깨물었다.

그야말로 절망적이었다.

한편, 예나의 공격을 단 한 대도 허용하지 않은 채 회피 동작에 임하던 라울이 다른 움직임을 선보였다.

"15초. 이속, 공속, 캐속 버프 끝."

그 와중에 민허는 본인이 처음부터 가져온 전략인 암기 수법을 잊지 않고 시행했다.

예나가 당황해하는 빈틈을 정확히 노렸다. 방심하고 있는 찰나에 이속 버프가 끝나는 타이밍을 노려 속도 위주의 빠른 단타 공격을 감행했다.

원투!

라울의 빠른 2연속 펀치가 정확히 예나에게 집중되었다.

"17초. 방어 상승, 아이언 스킨 버프 끝."

붕권이 작렬했다. 방어력 버프가 걸려 있는 상태였다면 붕권의 평소 대미지의 3분의 1밖에 들어가지 않는다. 그러나 지금은 100% 대미지가 발동되었다.

"19초. 회피, 민첩 상승 버프 끝."

적중률이 낮아 잘 쓰지 않는 잔기술들을 콤보로 욱여넣듯 강제로 연결시켰다. 두어 차례 미스가 뜨긴 했지만, 회피 상승 버프가 끝나서 그런지 그래도 5번의 공격 중 3번은 명중시킬 수 있었다.

"21초. 모든 버프가 끝."

마치 음성 인식이라도 되는 모양인지 민허의 말대로 예나가 걸었던 버프들이 전부 끝났다.

무방비 상태에서 예나가 할 수 있는 방법은 하나뿐이었다.

[나이트메어]서예나: GG

항복 선언. 그것이 예나에게 부여된 유일한 선택지였다.

채팅창에 GG라는 두 글자가 새겨지자마자 TGP 스타디움은 뜨겁게 달아올랐다.

강민허. 그의 승리다!

*　　　　*　　　　*

부스 안에서 나오자, 관중석에서 엄청난 함성 소리가 들려왔다.

"강민허! 강민허! 강민허!!!"

그의 이름을 연호하는 소리였다.

팬 서비스 차원에서 민허가 주먹을 꽉 쥔 오른손을 번쩍 들어 올렸다. 그러자 팬들의 환호가 한층 더 강해졌다.

기자들도 바빴다. 여기저기서 터지는 다수의 카메라 플래시들. 기사 메인 화면에 걸기 딱 좋은 장면이었다.

그때, 놀라운 일이 발생했다.

승자 인터뷰를 진행하기 위해 걸음을 옮기려던 찰나에, 반대편 부스에서 누군가가 민허에게 걸어와 악수를 청했다.

서예나였다.

"8강 진출, 축하해. 분하지만, 오늘은 내 패배를 인정할 수밖에 없네."

"땡큐. 너도 잘했어."

"맞아. 네 말대로 이번 플레이는 내가 한 경기 중 역대급에 속했었어. 근데 문제는 네가 훨씬 더 강했다는 거지."

예나의 눈가에는 여전히 아쉬움이라는 감정이 담겨 있었다. 그래도 승부의 세계는 냉혹한 법이다.

오늘의 승자는 강민허, 그리고 패자는 예나가 차지하게 되었다.

승부 결과를 깔끔하게 인정하는 것도 적지 않은 용기가 필요한 법이다. 지금 이 순간, 민허는 서예나라는 선수를 다시 봤다.

그녀는 분명 크게 될 선수다. 이런 느낌이 본능적으로 들었다.

예나의 손을 마주 잡아주는 민허. 그 타이밍에 맞춰 기자들이 다시금 바쁘게 카메라 플래시를 터뜨렸다.

"그 서예나가 먼저 악수를 청할 줄이야."

"진짜 별일이네."

지금까지 서예나는 본인이 진 경기에서 먼저 나서서 상대방 선수에게 악수를 청한 적이 단 한 번도 없었다.

강민허가 유일했다. 이 진귀한 장면을 기자들이 놓칠 리 없었다.

업계에 길이 남을 명장면이 탄생했다.

*　　　　*　　　　*

강력한 우승 후보, 서예나가 16강에서 탈락했다!

이 사실은 각종 언론에 발 빠르게 보도되었다.

인기 포털 사이트 검색어에 '강민허'라는 이름 세 글자가 단시간 내에 탑을 찍을 정도였다. 그만큼 게임업계에 엄청난 파급력이 일었다.

경기가 끝난 지 3일이 지났음에도 불구하고 SNS, 커뮤니티 사이트에서는 연신 강민허와 서예나의 16강 경기가 주요 화자로 자리매김하고 있었다.

그 덕분에 본의 아니게 성진성에게 피해가 가고 말았다.

"너 때문에 내 경기가 주목 못 받게 생겼잖아."

바로 내일, 진성의 경기가 펼쳐질 예정이었다. 그러나 사람들은 성진성의 경기보다 민허 이야기를 하는 데에 더 정신이 팔려 있었다.

프로 선수는 팬들의 응원을 먹으며 자라나는 존재다. 관심이 집중되지 않으니, 연습할 맛이 안 났다.

"그래도 내 덕분에 형 2 대 0으로 망신당하면서 떨어질 거, 묻힐 수 있게 되었잖아."

"얌마! 누가 셧아웃으로 탈락당한다고 그러냐! 좋아, 그렇게 말했다 이거지? 어떻게 해서든 8강에 올라가 주마!!"

씩씩거리며 다시 본인의 자리로 돌아갔다.

연습을 끝낸 지 5분도 안 지났음에도 불구하고 진성은 다시 맹연습에 돌입했다.

진성에게 일부러 이런 자극적인 말을 한 이유는 그의 승부욕을 건드리기 위함이 목적이었다.

16강은 진성에게 힘든 경기가 될 것이다. 만약 그가 떨어진다면, 8강 대진 중 ESA 선수는 강민허, 단 한 명만 남게 된다.

기왕 8강까지 올라간 거, 낯선 사람들과 부대끼느니 한 명이라도 아는 사람이 있는 게 더 좋지 않겠나.

그리고 진성은 A 리그 때 한배를 탔던 동료다. 기왕이면 그가 올라왔으면 하는 바람이 있었다.

물론 그 표현 방식이 진성을 빈정 상하게 만들었다는 게 문제였지만 말이다.

16강 경기 이후, 민허는 일상에서 적지 않은 변화를 겪게 되었다.

가장 큰 변화 요소는 바로 개인 방송이었다.

16강 경기가 입소문을 타기 시작하면서부터 그의 개인 방송 시청자 수가 근 1.5배에서 2배 정도 늘었다.

안 그래도 평균적으로 많은 시청자 수를 보유하던 강민허였는데, 이 덕분에 개인 방송업계에서 그의 인지도는 한층 더 굳건해질 수 있었다.

이 덕분에 괜찮은 제의가 몇 개 들어왔다.

그중 하나가 바로 스위치라는 개인 방송 플랫폼 쪽에서 들어온 제안이었다.

띵동! 띵동!

숙소 안에 벨소리가 두 차례 울렸다. 때마침 거실에서 늦은 점심을 겸해 편의점에서 사 온 햄버거를 전자레인지에 데우던 한보석이 현관문으로 나섰다.

"예, 누구세요."

"안녕하세요! 오늘 강민허 선수랑 미팅 가지기로 한 정지오입니다."

"민허요? 예, 잠시만요."

오늘 미팅 건수에 대해 보석은 아는 바가 없었다.

어리둥절함도 잠시. 벨소리를 들은 나 코치가 보석에게 다가와 물었다.

"누군데?"

"민허랑 미팅하기로 약속 잡은 사람이라던데요. 정지오 씨라던데, 혹시 아세요?"

"아, 그 사람? 알다마다."

나 코치는 미팅 사실을 알고 있는 듯했다.

현관문을 열어주자, 정지오가 사람 좋아 보이는 미소로 화답했다.

"제가 좀 일찍 왔죠? 생각보다 도로가 한산하더라고요. 아, 이건 선물입니다."

과일 음료 세트였다.

방문 선물을 받아 든 나 코치가 그를 사무실로 안내했다.

"안에 감독님 계실 겁니다. 민허는 제가 불러올게요."

"예."

정지오를 기다리고 있던 허 감독이 그를 반가이 맞이했다.

"정지오라고 합니다."

"허태균입니다. 마이크 정 님을 이렇게 직접 만나니 반갑네요. 방송하시는 거, 자주 봤습니다."

"이거 참 쑥스럽네요, 하하!"

정지오는 스위치에서 영업을 담당하는 업무를 맡으면서 동시에 개인 방송도 진행하는 남자였다.

그때 사용하는 닉네임이 마이크 정이다.

설마 허 감독이 그의 방송을 챙겨 봤을 줄은 예상치 못했다.

서로 이야기를 나누는 동안, 민허가 나 코치와 함께 사무실에 모습을 드러냈다.

민허와도 가벼이 인사를 주고받은 이후에 네 사람이 소파에 각각 자리를 잡았다.

먼저 본론을 꺼낸 건 마이크 정, 정지오였다.

"이미 전화상으로도 말씀드린 내용입니다만. 제가 이곳에 온 건 강민허 선수 때문입니다."

정지오의 시선이 민허에게 집중되었다.

"단도직입적으로 말씀드리겠습니다. 강민허 선수의 개인 방송을 저희 스위치 쪽에서 독점 송출해 주셨으면 합니다."

제21장
단독 송출

스위치에서 들어온 민허의 개인 방송 단독 송출 제안.

사실 예전부터 낌새는 있었다. 스위치를 비롯해서 다른 방송 플랫폼에서도 민허의 개인 방송을 자기들의 플랫폼에서 독점 송출하고 싶다는 의사는 강하게 내비쳐 왔었다.

특히나 민허가 개인 리그에 진출했을 때, 민허를 탐내는 시선은 더욱 짙어졌다.

그리고 드디어 스위치가 칼을 뽑았다.

스위치 코리아 사무실과 ESA 숙소는 그리 멀지 않은 거리에 위치해 있었다. 그래서 정지오는 일부러 이곳까지 직접 찾아왔다.

오로지 민허를 보기 위해서.

스위치에서 들어온 단독 송출 제안은 꽤 매력적이었다.

"강민허 선수가 원한다면, 금액도 상향 조정 가능합니다."

"얼마까지 주실 수 있나요?"

"천만 단위까지 가능합니다. 물론, 매달이죠."

월 천! 이 얼마나 매력적인 단어란 말인가.

코치진들이 순간 헛숨을 삼켰다. 스위치는 기본적으로 다른 플랫폼과 다르게 계약을 진행한 방송인들에게 월급식으로 매달 돈을 지급한다.

보통은 100에서 200 단위 정도. 그에 비한다면 민허에겐 어마어마한 액수가 떨어지는 셈이었다.

게다가 이게 끝이 아니었다.

"들어오는 후원 금액은 일절 터치하지 않겠습니다. 그것도 온전히 강민허 선수에게 돌려 드리겠습니다."

방송을 시청하는 시청자 중에서 일부는 방송하는 사람들에게 후원 금액을 쏘는 사람도 있었다.

보통은 거기서 플랫폼이 수수료를 떼 가는 형태로 진행한다. 그러나 민허에겐 수수료조차 떼지 않겠다고 선언했다.

아마 국내 개인 방송인 중에선 민허만큼의 특혜를 받는 방송인도 찾아보기 힘들 것이다. 그만큼 스위치가 민허를 데려오고 싶다는 의지가 매우 강력하다는 것을 시사했다.

어차피 스위치에서 민허에게 바라는 건 돈이 아니다.

플랫폼 이용자 수의 증가! 그것이 이들이 노리는 점이었다.

강민허라는 방송인을 데려올 수만 있다면, 개인 방송 플랫폼의 춘추전국시대에서 강대국으로 성장할 수 있는 발판을 확보할 수 있을지도 몰랐다.

아니, 확신한다!

적어도 정지오는 그렇게 예상하고 있었다.

"일단 제가 드릴 수 있는 제안은 이 정도입니다."

"꽤 많이 지르시네요."

민허가 솔직하게 말했다.

개인 방송인이다 보니 민허도 대충 이곳 돌아가는 상황은 알고 있었다. 스위치가 얼마나 질러댔는지 정도는 잘 안다.

민허의 결정도 중요하지만, 소속 팀의 이해관계 역시 따져 봐야 한다. 그걸 허 감독이 모를 리 없었다.

"일단은 저희 스폰서 측과 이야기를 좀 해봐야겠군요. 금액이 커지다 보니 민허에게만 결정권을 주기엔 좀 힘들어진 거 같습니다."

"하하, 물론이죠. 저도 지금 여기서 당장 답변 달라고 재촉할 생각은 없었습니다. 아무쪼록 잘 좀 부탁드리겠습니다."

"예, 알겠습니다."

민허는 허 감독의 말에 별다른 태클을 걸지 않았다.

그가 말한 대로였으니까.

그렇게 정지오를 보낸 이후, 허 감독이 민허와 코치진을 바라보며 이렇게 말했다.

"들어가서 회의 좀 할까. 많이 길어질 거 같으니까 각오 단단히 하고."

＊　　　　＊　　　　＊

가장 중요한 건 방송을 할 당사자, 강민허의 의사였다.

그가 들려준 대답은 굉장히 심플했다.

"할게요."

"응? 정말로?"

"네."

너무 간단하게 대답이 나와서일까. 허 감독이 무의식적으로 민허에게 되물었다.

회의에 참가한 오 코치가 민허에게 다른 질문을 해왔다.

"언제 결정한 거야?"

"정지오 씨한테 제안을 들었을 당시에요."

"그럼 왜 그 자리에서 말 안 했어?"

"너무 쉽게 허락하면 가벼워 보이잖아요. 본래 계약이라 함은 밀당이 중요하니까요. 그래서 일부러 입 다물고 있었어요. 때마침 감독님이 스폰서랑도 상의해 봐야 할 거 같다고 말씀하시기도 했고요."

"하긴, 그렇지."

민허에게 중요한 사실을 배운 것 같은 기분이 들었다.

여하튼 당사자가 오케이를 했으니, 나머지는 허 감독이 해야 할 일뿐이었다.

"스폰서 측이랑 미팅해 볼 건데, 너는 어떻게 할래. 같이 가고 싶다면 데려가 줄게."

보통 스폰서와 선수가 직접 만나는 경우는 흔치 않다. 허 감독과 코치진이 중개 역할을 담당하기 때문이었다.

그러나 이번 경우에는 꽤 중요한 일이 될 수도 있기에 선수가 직접 미팅에 참가하는 것도 나쁘지 않아 보였다.

허 감독의 제안을 듣자마자 민허가 바로 고개를 끄덕였다.

"네, 같이 가요."

민허는 본인과 연결되어 있는 일은 직접 추진하고 싶어 하는 성격을 지닌 남자였다.

이번 일도 마찬가지였다.

*　　　　*　　　　*

강민허가 ESA라는 업체에 미친 영향은 생각보다 컸다.

그가 성적을 거둘 때마다 ESA에서 출시한 키보드, 마우스 등 각종 상품들의 매출이 큰 폭으로 상승했다.

그 때문일까. ESA는 민허의 스위치 관련 계약에 대해서도 매우 호쾌한 답변을 들려줬다.

방송 송출할 때, ESA 제품 소배너만 달아주면 무조건 오케이. 민허에게 떨어지는 수익이라든지 그런 것에 전혀 손대지 않겠다고 선언했다.

덕분에 민허는 스위치에서 보장해 준 월 수익, 그리고 후원 금액 전부를 독점할 수 있게 되었다.

베너 관련 문제도 손쉽게 해결되었다. 스위치 측에선 선수 방송에 베너를 달든, 광고를 하든 딱히 제한을 걸어두지 않는다. 설령 있다 하더라도 강민허의 방송은 특별 허가해 줄 의향이 충분했다.

이로 인해 강민허의 스위치 단독 송출 여부가 결정되었다.

이제 남은 건 그간 동시 송출해 왔던 플랫폼 시청자들에게 작별 인사를 건네는 것뿐이었다.

이미 공지 사항으로 '오늘, 중대 발표가 있습니다'라는 제목의 게시글을 올려뒀다.

조회 수는 1시간이 되기도 전에 이미 만 단위를 기록했다. 시청자들뿐만 아니라 기자들도 많은 관심을 표현해 왔다.

ESA 숙소로 불타나게 걸려오는 전화들. 전부 다 민허의 중대 발표가 무엇인지 묻는 기자들의 전화뿐이었다.

"아, 글쎄 본 방송 보시라니까요. 그만 끊습니다!"

오 코치가 성질을 냈다. 얌전하기로 소문난 오 코치가 이렇게까지 말할 정도다.

오늘 하루 종일 전화에 시달린 오 코치가 민허를 보자마자 살려달라는 식으로 애원했다.

"민허야, 그냥 오늘 방송은 일찍 켜면 안 되겠냐? 하루에 전화를 몇 통이나 받았는지 기억도 안 난다!"

"그래도 방송 시간은 엄수해야죠. 팬들과의 약속이니까요."

"하아아… 융통성 없는 녀석."

민허의 말이 맞긴 하지만, 그래도 뭔가 억울했다.

일을 벌인 건 민허고, 고생은 오 코치가 하니. 뭐 이런 경우가 다 있을까.

하필이면 오늘, 진성의 16강 경기가 있던 터라 허 감독과 나 코치는 자리를 비운 상태였다. 선수 관리 겸 외부 연락은 전부 오 코치가 담당해야 했기에 피로함은 배로 느껴졌다.

오늘 민허의 개인 방송은 성진성의 16강 경기가 끝나고 난 이후의 시각에 시작될 예정이었다.

TV 앞에 모여든 ESA 선수들. 성진성과 맞붙을 선수는 베테랑이라 불리는 6년 차 프로게이머, 황이수였다.

"진성이 이길 수 있을까?"

"글쎄……."

"불안하긴 한데."

"황이수 선수도 꽤 하잖아."

비록 옛날 선수이긴 하지만, 그래도 그의 승률은 50%대 이상으로 나름 나쁘지 않았다.

산전수전 다 겪은 그와는 다르게 성진성은 개인 리그 본선에 처음으로 올라온 신인 중에서도 신인이다.

승자 예측 현황도 진성이 압도적으로 불리하게 통계되었다.

모두가 불안해하는 와중에 오로지 민허 혼자만이 다른 결과를 예상했다.

"진성이 형이 이길 겁니다."

"진짜로?!"

"네. 진짜로요. 내기해도 좋습니다."

강한 자신감을 내비치는 민허의 모습에 TV 화면으로 향한 선수들의 눈빛이 달라졌다.

처음에는 무난한 진성의 패배를 예상했다. 그러나 민허의 말 덕분에 '혹시나?'라는 생각이 들기 시작했다.

혹시나가 역시나로 바뀌는 데에 그리 오랜 시간이 걸리지 않았다.

첫 번째 경기를 내줬음에도 불구하고 진성은 연달아 2, 3세트를 가져왔다. 그로 인해 진성의 8강 진출이 확정되었다.

부스에서 나오자마자 나 코치와 뜨거운 포옹을 하는 진성의 모습은 같은 팀 선수들의 코끝을 찡하게 만들기에 충분했다.

경기를 관람하던 보석이 이마에 맺힌 식은땀을 손등으로 훔쳤다.

"와, 진짜 경기 보는데 수명이 몇 년은 줄은 거 같네."

"보석이 형. 그러니까 나처럼 믿음을 가지고 봤어야지."

민허는 진성의 승리를 예상한 몇 안 되는 선수였다.

같은 팀이니까 진성이 이겼으면 하는 마음은 다른 선수들도 마찬가지였다. 그러나 민허처럼 확신을 가지긴 힘들었다.

보석은 그게 궁금했다.

"넌 도대체 무슨 근거로 진성이 이길 거라고 확신했던 거야?"

"실력?"

"엄청 아슬아슬하게 이겼잖아. 심지어 첫 세트는 내주기까지 했는데?"

"우리가 아는 예전의 진성이 형이 아니야. 그 형도 성장 많이 했어."

개인 방송 준비를 하기 위해 일어선 민허가 한마디를 덧붙였다.

"물론 나만큼은 아니지만."

"하하하……."

진성의 성장을 바로 곁에서 지켜본 민허였다. 이런 말을 하는 것도 어찌 보면 당연한 일일지도 몰랐다.

＊　　　　＊　　　　＊

저녁 8시 정각이 되자마자 민허가 곧장 개인 방송을 틀었다.

이 순간을 오매불망 기다리던 시청자들이 곧장 채팅을 치기 시작했다.

워터멜론: 오늘 중대 발표 뭐임?

qwpoeoifj: 설마 프로게이머 은퇴 각?

마쉬멜로멜로영화찍네: 또 은퇴?

여기저기서 은퇴설이 들려왔다.

그럴 수밖에 없었다. 민허는 이미 트라이얼 파이트 세계 대회에서 우승하자마자 은퇴 발표를 한 전적이 있었으니까.

이들이 은퇴 이야기를 꺼내도 사실 이상할 건 없었다.

그러나 오늘 꺼낼 중대 발표 내용은 이들이 상상하는 것과 전혀 다른 방향이었다.

"은퇴는 안 하고요. 설령 하더라도 랭킹 1위 먹고 은퇴할 겁니다. 아직 한참 멀었으니 너무 걱정 마세요."

트파 은퇴할 당시에도 그랬다.

랭킹 1위 달성 이후 미련 없이 은퇴를 선언했다.

엄밀히 말하자면 은퇴도 아니었다. 타 장르로의 이적 선언이었을 뿐이지.

은퇴는 아니라는 말로 간단하게 여론을 일축시켰다. 이제 남은 추측들이 우수수 채팅창에 올라오기 시작했다.

팀 이적설, 공식 연애 발표, 기타 등등.

연애 관련 이야기가 나왔을 때에는 이화영의 이름이 채팅창을 빼곡히 채웠다. 아무래도 민허와 화영, 두 사람의 기류가 심상치 않다는 것을 눈치챈 사람들이 적지 않은 듯했다.

그러나 오늘의 정답은 아니었다.

"다음 주부터 제 개인 방송은 스위치로 단독 송출하게 되었습니다."

드디어 떡밥만 던져왔던 중대 발표를 꺼냈다.

단독 송출! 이 단어를 언급하자마자 시청자들이 의외의 반응을 보이기 시작했다.

엑박엑: 스위치로 이전한다면 따라가야지!

clkfdpw0098: 무조건 따릅니다! ^_^b

비투아투: 다들 스위치로 모여!

마치 큰 발표가 아닌 듯한 반응을 보였다.

당연히 따라간다! 이런 여론이 대세였다.

보통은 플랫폼을 이전한다면 내심 걱정이 많이 들 수밖에 없었다. 이 많은 시청자들을 잃을지도 모른다는 그런 근심. 개인 방송을 업으로 삼는 자라면 당연히 드는 생각이다.

그러나 지금 이 반응을 보니, 민허는 딱히 걱정할 필요가 없어 보였다.

'내가 곧 플랫폼이다!'

어깨에 절로 힘이 들어갔다.

스위치에서 단독으로 강민허의 개인 방송을 송출하겠다는 소식을 알리자마자 개인 방송 관련 커뮤니티는 그야말로 난리가 났다.

강민허의 애청자들은 타 방송에 비해서 굉장히 많은 편이었다.

게다가 강민허는 방송도 꾸준히, 빠짐없이 계속해서 해왔다.

대회가 있는 날에도 1~2시간씩 방송을 하는 때가 종종 있었다.

방송을 켜서 그때 당시의 심정이라든지 아니면 경기 분석 같은 것을 하면서 시청자들과 의사소통을 해왔다.

꾸준한 노력 덕분에 강민허는 개인 방송에서도 엄청난 인지도를 끌어 올릴 수 있었다.

개인 방송이 흥했다는 체감은 경기장에서 가장 많이 느낄 수 있었다.

강민허를 응원하는 목소리가 예전보다 훨씬 늘었다. 그것만으로도 개인 방송의 흥망성쇠를 가늠하는 게 가능했다.

단독으로 스위치에서 송출을 하는 것으로 이야기가 되었기에 강민허는 방송 준비 세팅을 다시 해야 했다.

세팅은 정화수가 직접 도와줬다.

테스트 방송까지 도와주는 적극적은 모습을 보였다.

비공개로 걸어놓은 후에 방송을 송출했다.

정화수는 개인 컴을 비롯해 스마트폰 화면까지 체크했다.

모바일은 어떻게 방송이 송출되는지. 이런 것까지 다 확인을 마쳤다.

그제야 정화수는 오케이 사인을 보였다.

"이 정도면 충분해."

"고마워요, 형."

"천만에. 나중에 방송 잘되면… 알지?"

정화수는 의미심장한 말을 흘렸다.

무슨 말인지 알고 있다.

돈을 달라는 이야기가 아니다.

정화수는 프로게이머 경력을 개인 방송으로 활용하는 대표적인 케이스이다.

정화수가 원하는 건 바로 강민허와의 합방이다.

합방을 한번 하고 나면 정화수의 방도 많은 홍보가 된다.

게다가 시청자 수는 강민허가 정화수에 비해 압도적으로 높다. 합방을 하게 된다면 정화수는 엄청난 득을 볼 게 뻔했다.

강민허는 싱긋 웃으며 고개를 끄덕여 줬다.

사실 수고비도 충분히 줄 수 있었다. 그러나 그건 정화수가 거절했다.

같은 팀원인데, 이 정도는 도울 수 있지 않느냐. 그것이 정화수의 태도였다.

본인이 싫다는데, 군이 강요할 생각까진 없었다.

여하튼 정화수의 도움으로 인해 빠르게 방송이 세팅되었다.

컴퓨터 세팅은 이것으로 완료.

그다음은…….

"민허야! 크로마키, 여기다 설치해 두면 되겠지?"

"아, 잠시만요. 캠 화면 좀 확인해 보고요."

오진석 코치가 설치업체 사람들과 함께 방송 무대 세팅에 열을 올리고 있었다.

ESA는 강민허에게 방송 전용 스튜디오를 별도로 마련해 주기로 했다.

강민허의 개인 방송 덕분에 ESA 제품의 매출이 큰 폭으로 상승 중이었다.

스위치는 글로벌 개인 방송 플랫폼이다. 안 그래도 스위치에서 세계적으로 유명한 게임 플레이어, 강민허의 개인 방송을 독점으로 송출한다고 하니 전 세계 게이머들의 관심이 스위치로 몰리기 시작했다.

ESA는 이 기회를 놓치고 싶지 않았다.

물 들어올 때 노 저으라는 말이 있지 않은가.

ESA는 이 틈을 타 해외 사업부에 힘을 실어주고 싶었다.

ESA에서 판매되는 제품들을 따로 이미지로 추출해 배너로 만들어 띄울 예정이었다.

스위치는 ESA 자사 제품 홍보 배너를 거는 것까진 터치하지 않기로 했다.

그들의 목적은 오로지 강민허의 개인 방송 독점 송출권을 따내는 것이었다.

스위치의 트래픽 수를 늘리기 위한 과감한 투자다.

조건이 갖춰지자, ESA는 강민허의 개인 방송 지원에 총력을 기울이기로 했다.

숙소에 남는 공간을 활용해 강민허의 개인 방송 전용 스튜디오 설치비까지 지원을 해줬다.

크로마키 설치를 완료한 후에 강민허는 캠 화면으로 세밀한 조정까지 펼쳤다.

"예, 지금 위치가 딱 좋을 거 같아요."

"조명은? 너무 눈부시거나 그러면 말해라."

"아니요. 조명도 지금이 딱 좋아요."

"오케이. 아, 이 버튼으로 조명 세기 조절할 수 있으니까 잘 알아두고."

"예, 코치님."

스튜디오 설치 때문에 난리도 아니었다.

그래도 대대적인 지원이 있어서일까. 강민허의 개인 방송 환경은 더욱 쾌적해졌다.

투자를 받은 만큼, 그만한 결과가 나와야 한다.

그러나 강민허는 부담을 느끼지 않았다.

그는 왠지 할 수 있을 것 같았다.

그런 느낌이 강하게 들었다.

*　　　*　　　*

대망의 스위치 독점 송출 첫 방송이 개시되는 날이 찾아 왔다.

방송 예정 시간은 8시부터 11시까지.

공식적으로는 그렇지만, 강민허는 이 시간에 딱딱 맞춰서 방송할 생각은 없었다.

무조건 하루에 3시간은 방송한다.

그리고 비정기적으로 강민허는 시간이 날 때마다 방송을 계속 틀 예정이었다.

목표는 하루 6시간 방송하기.

물론 대회가 있는 날에는 예외로 친다.

대회가 있을 때에는 하루에 1~2시간 정도 방송하는 것으로 퉁치기로 했다.

그때는 경기 내용을 리플레이하면서 복기 방송을 진행할 예정이었다.

원래 강민허는 개인 방송에 이렇게나 많은 투자를 감행할 생각이 없었다.

그러나 벌이가 꽤 괜찮다는 것을 알고 나서부터 강민허는 개인 방송의 비중을 높게 잡기 시작했다.

'유명 개인 방송인들이 돈 많이 번다는 말은 들었지만, 설마 내가 그 사람들처럼 될 줄은 몰랐어.'

인생이라는 게 참 알다가도 모를 일이다.

강민허가 설마 개인 방송으로 명성을 떨치게 될 줄 누가 알았겠나.

당분간 공식 경기도 없고 해서 강민허는 마지막까지 개인 방송 세팅 점검에 들어갔다.

스위치 단독 송출 첫 방송이다.

기왕이면 실수 없이, 그리고 잡음 없이 방송의 포문을 열고 싶었다.

저녁 6시에 일찌감치 저녁 식사를 해뒀다.

오진석 코치가 강민허에게 말을 전해뒀다.

"감독님이 오늘 방송, 힘내라고 전해달래. 그리고 방송하는 거, 지켜보고 있을 테니까 실수 없이 하라고 하시더라."

"외근 나가 계시지 않아요?"

"요즘 세상이 좋아졌잖아. 이거 때문에."

오진석 코치는 스마트폰을 들어 보였다.

스마트폰만 있으면, 바깥에 있다 하더라도 웬만한 업무는 다 소화할 수 있다.

그런 시대가 된 것이다.

"감독님이 보겠다고 하시니까 감시 느낌이 물씬 나네요."

"뭐, 감시의 개념도 조금 섞여 있긴 하지. 괜히 이상한 발언이라도 하게 되면 ESA 전체가 곤란해지니까. 물론 난 네가 경솔한 발언을 막 함부로 하는 내뱉는 타입이 아니라는 걸 잘 알긴 하는데. 그래도 감독님은 팀을 책임지는 입장이니까 불안할 수밖에 없지."

그래서 오늘은 방송이 송출되는 내내 오진석이 붙어 있기로 했다.

문제가 될 만한 발언을 할 거 같으면 거기서 적절하게 커트를 할 사람이 필요했다.

그 역할을 선수들에게 맡길 수는 없었다.

팀 내에서는 너무 강민허만 밀어주는 거 아니냐는 식으로 불만을 가진 선수도 아직까지 있었다. 이런 와중에 서포트 역할까지 같은 선수에게 맡기면 그 불만의 불씨는 더욱 커질 것이다.

그래서 오 코치가 직접 나서기로 했다.

"미안해요, 코치님. 저 때문에 퇴근도 못 하고."

"나에게 퇴근이 어디 있나. 한 달 중에 집에 가는 날짜는 손에 꼽을 정도인데, 뭘. 그러니까 신경 안 써도 된다."

"나중에 제가 맛있는 거라도 사드릴게요."

"난 비싼 거 아니면 안 먹는 사람이야."

"그럼 비싼 걸로 사드리면 되는 거죠?"

"하하, 그래. 일단 방송부터 성공적으로 마무리 짓고 난 다음에 생각하자."

"예."

식사를 마친 후에 강민허는 윤민아에게 전화를 걸었다.

그녀는 강민허의 개인 방송에서 고정 매니저 역할을 하고 있었다.

플랫폼을 스위치로 고정한다 해서 윤민아의 역할이 크게 달라지는 건 없다.

오히려 윤민아는 더 편할 거라는 입장을 내비쳤다.

여러 개의 플랫폼 채팅창을 관리하다가 스위치 하나만 관리하면 되니 말이다.

하나 이건 윤민아의 안일한 생각이었다.

윤민아에게 전화를 건 강민허는 그녀에게 이렇게 경고했다.

"오늘, 마음 단단히 잡는 게 좋을 거다. 3시간 동안 정신없을 거야."

─정신없다니? 그게 무슨 소리야, 오빠?

"직접 경험해 보면 알아."

─……?

윤민아는 아직도 강민허가 무슨 말을 하는지 깨닫지 못하는 듯했다.

강민허는 알고 있다.

곧 일어날 사단에 대해서.

＊　　　＊　　　＊

저녁 8시가 되었다.

딱 정각에 맞춰서 강민허는 방송을 ON으로 돌렸다.

방송이 시작됨과 동시에 사람들이 우르르 몰려들기 시작했다.

켠 지 5분도 안 돼서 벌써 5천 명을 돌파했다.

5천 명이나 되는 사람들이 하나의 채팅창을 공유하고 있으니, 채팅 문구가 보이지 않을 정도로 빠르게 올라갔다.

게다가 오늘은 강민허의 스위치 독점 송출 첫 방송이다.

기념비적인 날에 사람들이 안 몰릴 수가 없었다.

10분 뒤.

시청자 숫자는 그새 만 명을 돌파했다.

윤민아는 개인 톡으로 강민허에게 부랴부랴 따지기 시작했다.

[윤민아: 오빠!!! 이게 어떻게 된 거야?! 채팅 문구가 안 보여!]

[윤민아: 뭐라고 치는지 보이지도 않는데 어떻게 채팅창을 관리해!!]

[강민허: 그러게 내가 뭐라고 했어. 각오하라고 했잖아.]

[윤민아: 이 정도일 줄은 몰랐지!!!]

윤민아의 당황한 목소리가 여기까지 들릴 정도였다.

만 명을 돌파해 15분 내에 2만의 벽을 넘었다.

강민허는 캠 화면을 켜고서 시청자들을 맞이했다.

"안녕하세요, 강민허입니다. 많은 분들이 찾아주셨네요."

인사를 하는 도중에도 채팅창에 표기되어 있는 시청자들의 숫자는 계속해서 늘어났다.

37,392명.

'역시 글로벌 플랫폼은 다르긴 다르네.'

국내 한정이 아니라 외국인들도 와서 활발하게 채팅을 치고 있었다. 이러니 윤민아가 불만을 토로하지 않을 수가 없었다.

영어뿐만이 아니라 중국어, 일본어 등등.

윤민아는 학창 시절에 제법 공부를 잘하는 편이었다.

그러나 '공부를 잘한다'와 '외국어 솜씨가 뛰어나다'라는 말은 같은 뜻이 아니었다.

그녀가 모르는 영어도 다분했다.

강민허는 윤민아에게 메시지를 보내됐다.

[강민허: 어그로나 아니면 도배, 욕설 같은 것만 아니면 그냥

놔둬.]

　[윤민아: 그런 걸 내가 어떻게 구분해?!]

　[강민허: 나라별 언어로 욕설은 금기어로 체크해 뒀으니 알아서 강퇴당할 거야. 너는 그냥 한국말만 체크해.]

　[윤민아: …알았어.]

　나중에 매니저를 몇 명 더 뽑아야겠다는 생각이 들었다.

　윤민아도 사람인지라 혼자서 4만 명에 가까운 사람들이 치는 채팅 로그를 일일이 확인할 수 없었다.

　채팅은 일단 후순위로 미뤄두기로 하고, 강민허는 방송에 집중했다.

　"저번에 공지해 드린 대로 앞으로 스위치에서 독점 송출을 이어갈 예정입니다. 방송 내용은 크게 달라지는 거 없어요. 로인 이스 온라인을 위주로 할 거고, 나머지는 트라이얼 파이트 7 게임 방송으로 진행할 겁니다. 이거 말고 제가 해줬으면 하는 방송 콘텐츠가 있으면 언제든지 건의해 주세요."

　말이 끝나자마자 가장 많이 올라오는 소재가 있었다.

　요즘 한창 유행하는 코드였다.

　강민허도 뭔지는 알고 있었다.

　"어디 보자. 먹방이 가장 많네요."

　요즘 대세라 할 수 있는 먹방 콘텐츠.

강민허도 한번 해보고 싶었다.

"오케이. 좋습니다. 이것도 시간 나면 진행하도록 할게요."

쿨하게 결정을 내렸다.

스위치 단독 송출이 시작되고 난 이후.

1시간이 넘어가는 와중에 시청자 수는 벌써 5만 명을 향해 달려가고 있었다.

외국인들 중에서 특히나 중국인들의 비중이 꽤 컸다.

적어도 과반수는 되는 것 같았다.

영토 크기로 보나, 인구 밀도로 보나. 역시 중국이 크긴 했다.

이 많은 사람들이 강민허의 경기도 아닌 개인 방송을 보기 위해 몰려들다니. 제아무리 강민허라 하더라도 속으로 적지 않게 놀랐다.

강민허의 선전으로 인해 스위치 코리아는 동원할 수 있는 모든 모니터링 요원을 포함해 운영자 권한을 가진 사람들을 전부 다 강민허의 개인 방송에 투입했다.

시청자 수 실시간 1위!

팔로워 상승 순위 1위!

모든 분야에서 전부 다 1위를 달리고 있었다.

방송 첫날에는 그냥 가볍게 인사만 하는 것으로 마무리를 지으려 했었다.

그러나 5만 명이 모이다 보니 방송을 그냥 끄는 것도 좀 아쉬웠다.

"일단 간단하게 게임을 해볼게요. 게임은 두 가지밖에 없습니다. 로인 이스 온라인하고 트라이얼 파이트 7. 뭐로 할까요?"

말이 끝나자마자 채팅창이 빛의 속도로 올라가기 시작했다.

한국말을 모르는 외국인들도 채팅창 분위기를 보고 강민허가 무슨 말을 했는지 바로 파악했다.

외국인들까지 로인 이스 온라인이냐, 트라이얼 파이트 7이냐로 갈려 채팅을 치기 시작했다.

그야말로 아수라장이었다.

이렇게 해선 의견을 수용할 수 없었다.

좋은 방법이 필요했다.

때마침 정지오로부터 메신저가 도착했다.

[정지오: 스위치에 투표 기능이 있습니다.]
[정지오: 그거 활용하시면 됩니다.]

설명과 함께 링크도 띄워줬다.

강민허는 링크를 긁은 후에 인터넷 창 주소에 붙여넣기를 했다.

투표를 설정할 수 있는 창이 강민허의 눈앞에 펼쳐졌다.

강민허는 습득이 매우 빠른 편이었다.

게임뿐만 아니라 무슨 일을 하던 간에 설명을 단 한 번만 듣고도 능숙하게 그 일을 해낼 정도로 빠른 습득력을 보유한 남자였다.

결국 정지오의 몇 마디만으로 강민허는 스스로 투표 기능을 활성화시킬 수 있었다.

그때까지 시청자들은 여전히 보고 싶은 게임명을 적어서 계속 채팅으로 올리고 있는 중이었다.

정신이 없었다.

"자자, 진정하세요. 여러분."

강민허는 시청자들을 진정시켰다.

그 후에 바로 링크를 띄웠다.

"화면 아래에 링크 나가고 있죠? 이거 링크 클릭하시면 투표 사이트로 이동할 수 있어요. 여기서 투표해 주세요."

외국인들도 보기 쉽게 일부러 게임 명칭을 영어로 적어뒀다.

"투표는 5분 후에 마감합니다. 빨리빨리 투표해 주세요. 저는 그동안 화장실 좀 갔다 올게요."

심심하지 않게 노래를 틀어준 다음에 화장실로 직행했다.

큰 거는 아니었다. 소변만 보고 난 이후에 냉장고에 들려 미리 준비해 둔 물통을 하나 꺼내 왔다.

강민허 전용 물통.

냉커피가 담긴 작은 물통이었다.

정화수가 율무차를 좋아하듯, 강민허는 커피를 좋아하는 편이었다.

아메리카노 같은 종류가 아니라 자판기 커피 같은 맛을 좋아한다.

커피는 달달한 맛으로 먹는다. 그것이 강민허의 신념이었다.

다시 자리로 돌아온 강민허.

투표 현황을 확인했다.

로인 이스 온라인이 79%.

트라이얼 파이트 7이 21%.

인지도 차이에서 나오는 격차였다.

하기야. 트라이얼 파이트 7의 인지도가 높았더라면 대회 규모라든지 상금이 월등히 높았을 것이다.

그렇지 않았기에 강민허는 트라이얼 파이트 7 게이머를 은퇴하고 로인 이스 온라인으로 전향하게 되었다.

그렇다고 트라이얼 파이트 7을 완벽하게 포기한 건 아니었다. 개인 방송에서 트파 7을 자주 하기도 했고, 대회가 있다면 로인 이스 온라인 리그와 겹치지 않는 이상, 참가고 싶다는 의향을 내비친 바가 있었다.

물론 아직까진 실행에 옮긴 적이 없었지만 말이다.

그럴 수밖에 없었다. 로인 이스 온라인은 확실히 인기 있는 게임이다 보니 대회가 굉장히 많았다.

프로 리그를 끝마치자마자 바로 개인 리그에 돌입한 강민허.

트라이얼 파이트 7에는 참가할 만한 대회가 보이지 않았다.

그래서 강민허는 당분간 개인 방송에서만 트라이얼 파이트 7 플레이를 하기로 했다.

투표 결과에 따라 강민허는 로인 이스 온라인을 바로 실행했다.

그가 접속하자마자 엄청난 귓말과 친구 요청이 쇄도했다.

"죄송합니다. 친구 요청은 다 거절할게요. 안 그래도 친구창이 꽉 찼거든요. 여기서 더 받을 수가 없어요."

마음 같아선 팬 서비스 차원에서 전부 다 수용을 해주고 싶었지만, 로인 이스 온라인의 친구창에는 제한이 있다.

무한으로 받을 수는 없었다. 골라 받아야 한다.

일단 프로로 활동하는 선수들은 전부 다 추가했다. 뿐만 아니라 타 팀의 코치, 감독들도 추가를 해뒀다.

시청자들도 몇몇 추가를 해둔 경우도 있었다.

그러나 이런 경우에는 중요한 시청자들. 예를 들어서 방송에 자주 도움을 주는 사람들이라든지 후원을 많이 해주는 큰손 열혈 팬이라든지. 일반 시청자들에 비해서 존재감이 유독 빛나는 시청자 몇몇은 추가를 시켜뒀다.

강민허는 라울 캐릭터 대신 부캐로 접속을 했다. 라울은 대회용 캐릭터다. 개인 방송에서 웬만하면 라울로 플레이하는 모습을 잘 보여주지 않는다. 전력이 노출될 가능성이 있기 때문이었다.

강민허의 캐릭터, 라울은 다른 프로 선수들에 비해 레벨이 엄청 낮은 편에 속한다. 그래서 강민허는 캐릭터의 성능으로 경기를 우세하게 이끈다기보다는 꼼수나 변수, 기상천외한 작전으로 경기의 판도를 뒤집는 경우가 많았다.

이런 성향의 플레이어일 경우, 보안이 생명이다.

그래서 강민허는 개인 방송에서는 라울이 아닌 부캐를 자주 애용한다.

그리고 라울은 PvP용 캐릭터다. PVE에는 어울리지 않기에 방송에는 쓰지 않았다.

던전 공략을 보여주려면 라울보다는 부캐가 더 잘 맞는다. 그래서 강민허는 일부러 부캐를 꺼내 들었다.

강민허의 시청자들도 이제는 강민허의 부캐 닉네임이 본캐 닉네임급으로 익숙해졌다.

개인 방송에서 워낙 많이 보여준 덕분이었다.

강민허의 캐릭터가 있는 곳에 사람들이 우후죽순처럼 모여들었다.

이건 개인 방송을 진행할 때마다 벌어지는 현상 중 하나였다.

그러나 오늘은 평소에 비해 더 많은 플레이어들이 강민허의 주변을 가득 메꿨다.

'오픈발이라서 그런가.'

덕분에 조용하던 시골 마을은 플레이어들로 인산인해를 이뤘다.

만약 NPC가 스스로 생각할 줄 아는 지능을 가지고 있었더라면, 갑자기 벌어진 사태에 적지 않게 놀랐을 것이다.

강민허의 등장에 졸지에 로인 이스 온라인 운영 팀에서는 모니터링 업무를 개시했다.

사람들이 특정 서버에 너무 많이 몰려들면 서버가 폭발하는 경우가 가끔 있다. 이 경우를 대비해야 한다.

강민허는 마이크를 켜놓고 시청자들에게 양해를 구했다.

"게임 즐기는 일반 플레이어분들도 계시니까 마을에서 너무 소란 피우지 마세요. 그리고 채팅창 도배하지 마시고요. 채금 먹습니다."

로인 이스 온라인 콘텐츠를 꺼내 들면, 강민허는 첫 번째로 사냥하는 방송을. 두 번째로 PvP 랭킹전을 펼친다.

가끔 시청자 참여 코너로 PvP 코너에 랭킹전이 아닌 친선전을 펼치는 경우가 있었다.

오늘 시청자 참여 코너는 아무래도 힘들 것 같았다. 너무 혼란스럽다. 이 혼란은 아무리 날고 기는 강민허라 하더라도 잠재우기 어려웠다.

그래서 간단하게 랭킹전을 몇 번 보여주기로 했다.

강민허의 MMR은 상위 0.1퍼센트 내의 수준이다. 워낙 랭킹이 높기 때문에 랭킹전을 돌리면 대부분은 강민허보다 MMR이 낮은 사람들이 걸린다.

오늘도 마찬가지다.

그러나 평소와 좀 다른 면이 있었다.

DoDo0: 강민허 오늘 내가 발라 드림 ㅋㅋㅋㅋㅋ

DoDo0: 쫄?

DoDo0: 실력도 없으면서 실력 있는 척하는 거 개역겹. ㅇㅈ?

채팅창에 강민허를 대놓고 모욕하는 발언을 쓰는 시청자.

간혹 이런 어그로가 있긴 하다.

만약 강민허가 오늘, 개인 방송이라는 분야에 처음 입문한 사람이었더라면 지금의 이 채팅 로그를 보고 적지 않게 당황했을 것이다.

5만 명이 보는 앞에서 모욕을 당했으니 말이다.

그러나 상대를 잘못 골랐다.

강민허. 그는 이런 걸로 동요하지 않는다.

"재미있는 사람이 걸렸네요."

강민허는 미소를 잃지 않았다.

그러나 시청자들은 눈치채지 못했다.

강민허가 지금 짓고 있는 이 미소가 얼마나 무서운 것인지를.

강민허를 오랫동안 봐왔던 윤민아는 바로 알아차릴 수 있었다.

가볍게 손목을 푼 강민허.

상대는 세계 랭킹 100위 안에 드는 실력자다.

'실력은 있는데 인성은 없네. 하긴. 실력과 인성이 꼭 비례하란 법은 없으니까.'

강민허는 프로게이머 생활을 하면서 인성이 안 좋은 선수들을 여러 차례 접했었다.

트라이얼 파이트 7이나 로인 이스 온라인이나.

사람들이 모여 있는 곳 어디에나 인성 더러운 녀석은 항상 존재한다.

랭킹전 시작을 알리는 신호음이 들려왔다.

시작 신호가 떨어지자마자 강민허는 부캐를 빠르게 움직였다.

꺼내 든 부캐는 라울과 같은 격투가 계열의 캐릭터였다.

비록 라울 캐릭터가 아니라고는 하나, 클라스는 영원한 법.

강민허의 화려한 컨트롤 앞에 DoDo0이라는 닉네임을 사용하는 플레이어는 속수무책으로 당할 수밖에 없었다.

템 차이가 엄청나게 나는 것도 아니었다.

오히려 템은 DoDo0가 더 좋았다.

하나 PvP는 템발만으로 모든 것을 해결할 수는 없다.

결국은 컨트롤 싸움이다.

게다가 로인 이스 온라인은 PvP에 보정 시스템을 채용한다. 그래서 저렙 캐릭터라 하더라도 고렙 캐릭터를 제압할 수 있는 것이다.

물론 심하게 템 차이가 난다면, 저렙이 고렙을 잡는 일은 쉽지 않다.

그러나 강민허는 이 모든 차이를 전부 다 컨트롤로 극복했다.

이번에도 마찬가지였다.

템 차이가 난다 하더라도 강민허의 컨트롤 앞에서 스펙은 의미가 없었다.

강민허는 DoDo0의 피를 딱 1만 남겨뒀다.

마무리 일격을 가하면 되거늘. 강민허는 일부러 마지막 일격을 때리지 않고 요리조리 피하고 다니기만 했다.

농간이었다.

시청자들은 난리가 났다.

강민허의 화려한 회피 컨트롤. 그는 DoDo0에게 단 한 번의 공격조차 허용하지 않았다.

타겟팅 스킬이 날아들어도 강민허는 반격으로 튕겨냈다.

여기서 빠져서는 안 될 중요한 게 있다.

"DoDo0 님. 랭킹 81위죠? 근데 정말 81위 맞나요? 실력이 너무 안 좋네요. 혹시 대리 랭 돌린 거 아니죠?"

채팅창에는 'ㅋㅋㅋㅋㅋㅋㅋㅋㅋ'로 도배되기 시작했다.

DoDo0라는 닉네임을 가진 플레이어는 아무런 말도 하지 못했다.

이때쯤 됐다 싶은 모양인지 강민허는 마지막 일격을 가했다.

평타로 한 번 가볍게 툭.

강민허의 승리였다.

"앞으로 매너 지키면서 좋은 게임 문화 만들어갑시다, DoDo0 님."

강민허의 처절한 보복 앞에 DoDo0는 군말하지 않고 바로 퇴장했다.

"자, 다음 돌려볼까요."

아직 방송은 끝나지 않았다.

이제 겨우 시작일 뿐.

어그로 플레이어와의 한판.

결과는 누구나 예상했듯 강민허의 압도적인 승리였다.

경기를 끝내자마자 강민허에게 도네이션이 쏟아졌다.

ITUW 님이 100,000원을 후원하였습니다.

마인드컨트롤 님이 150,000원을 후원하였습니다.

RELAXIGN 님이 200,000원을 후원하였습니다.

금액이 차원이 달랐다.

다른 방의 경우에는 1,000원, 2,000원이 짤짤이로 쏟아지는 반면, 강민허의 방에는 유독 큰손들이 많았다.

1분도 안 돼서 순식간에 50만 원을 벌어들인 강민허.

물론 다른 BJ 같으면 이 돈이 온전히 그들의 호주머니로 들어가진 않는다.

그러나 강민허는 달랐다. 후원금에 일절 손대지 않겠다는 플랫폼과 스폰서의 이야기가 있었기에 수수료조차 떼지 않고 강민허가 전부 다 가져간다.

'이거, 프로 게이머 관두고 1인 미디어로 전향해도 먹고살 걱정 없을 거 같은데?'

오히려 따지고 보면 프로 게이머보다 1인 미디어가 더 많이 돈을 벌 수 있을지도 몰랐다.

아니, 지금 당장만 놓고 보면 분명 그렇다.

하나 갑자기 은퇴 선언을 할 생각은 없었다.

강민허는 뼛속까지 게이머다. 그래도 정상은 한번 찍어봐야 하지 않겠나.

그리고 아직 도백필을 꺾지 못했다. 큰 무대에서 그와 정상 결전을 벌여 승리를 쟁취하는 쾌감은 제아무리 많은 돈을 줘도 충당할 수 없을 것이다.

후원금이 너무 많이 터진 탓에 강민허는 금방 방송을 끌 수 없게 되었다.

"랭킹전 몇 판 더 돌려볼게요. 시청자 참여 대전은 방송이 안정화가 된 다음에 해보도록 하겠습니다."

곧바로 대전 상대 찾기 버튼을 눌렀다.

이번에 만난 상대는 앞서 만났던 어그로와 다르게 매너가 상당히 좋은 편이었다.

초면부터 강민허와 대전하게 되어 영광이라며 설렘을 감추지 못했다.

매너가 좋은 플레이어에겐 강민허 역시 매너 좋게 임한다.

그는 거울 같은 플레이어다.

매너가 나쁘면 똑같이 나쁘게 대하고, 좋으면 마찬가지로 자신도 좋게 대한다.

강민허는 천성이 나쁜 게이머가 아니다.

그저 당한 게 있으면 배로 갚아줄 뿐이다.

＊   ＊   ＊

랭킹전 몇 판 돌리다 보니 시간은 금방 지나갔다.

벌써 저녁 11시가 다 되어가고 있었다.

'이런. 금방 끄려고 했는데.'

오늘은 인사 차원에서 짧게 방송을 켜기로 했었건만. 어느새 시간이 훌쩍 지나가고 말았다.

강민허는 마무리 멘트에 들어갔다.

"오늘 방송은 여기까지 하겠습니다. 스위치에서 첫 단독 송출인데, 이렇게 많은 분들이 찾아와 주셔서 정말 감사합니다. 앞으로 별다른 일 없으면 이 시간에 계속 고정으로 방송할 거고요. 그리고 낮이나 새벽에도 할 거 없으면 방송하겠습니다. 그럼 내일 봬요. 바이~!"

방송 종료 버튼을 누른 뒤.

강민허는 의자에 몸을 기댔다.

"휴우. 힘들다, 힘들어."

그냥 앉아서 멘트 몇 개 날려주고 게임하고. 보여지는 건 이게 다일지 모르지만, 방송이라는 것 자체가 지속적으로 정신력 소모를 요구한다.

같은 게임을 해도 그냥 하는 것과 방송을 켠 상태에서 게임하는 것은 느낌이 다르다.

천지 차이다.

강민허는 방송을 시작하기 전에는 그 차이를 잘 몰랐지만, 해보고 나니 알 것 같았다.

게다가 강민허의 방송을 보는 사람이 한두 명이 아니지 않은가.

5만 명이다.

오늘은 6만 명까지 근접했었다.

오진석이 강민허에게 다가와 어깨를 주물러 줬다.

"고생했다, 민허야. 아까 지오 씨한테 연락 왔는데, 시청자 수 대박 났다고 엄청 기뻐하더라."

"그래요?"

"역대급이라고 하던데? 단시간 내에 이렇게 많은 시청자 수를 기록한 건 처음 있는 일이래."

강민허는 스위치에서 원래부터 방송을 하긴 했었다.

그러나 동시 송출이다 보니 시청자가 분산되는 경우가 있었다.

하나 오늘의 독점 송출로 인해 스위치의 트래픽 수가 기하급수적으로 늘었다.

독점 송출의 위엄이었다.

"그리고 말이다."

오진석 코치가 추가 사항을 전달했다.

"미팅할 때 나왔던 안건 중 하나 있잖아."

"뭐였죠?"

"통역 붙이는 거."

"아, 네."

스위치는 글로벌 플랫폼이다. 아까도 보았듯 외국인들의 비중이 꽤 높다.

그러나 외국인들이 강민허의 말을 전부 다 해석할 수는 없었다. 한국말이 엄청 유명한 것도 아니고.

그래서 스위치 쪽에서는 강민허의 말을 실시간으로 영어로 번역해 줄 통역가를 섭외하기로 했다.

"다음 주 방송부터 통역가분이 네 말을 듣고 실시간으로 영어 자막을 달아줄 거야. 그러니까 그렇게 알고 있어라."

"정식 방송에서만 영어 자막 다는 거죠? 낮 방송이나 새벽 방송 때는 상관없죠?"

"어. 고정 방송 시간에만. 나머지는 네가 알아서 편하게 하면 돼. 이 스튜디오에서 반드시 할 필요도 없고. 그냥 네 자리에서 해도 별말 안 하마."

"아니에요. 방송할 때에는 스튜디오에서 하는 게 좋을 거 같아요. 뒤에 선수들 왔다 갔다 하는 게 보이잖아요. 어수선한 거, 별로 안 좋아하거든요."

"뭐, 네 마음대로 해."

오진석 코치는 방송에 엄청 큰 제재를 가할 생각은 없었다.

아까 강민허에게 말했듯 중요한 것만 함구하면 된다.

예를 들어서 프로게이머업계에서 큰 문제가 터졌을 때, 그에 관련된 발언이라든지. 아니면 정치 이야기처럼 민감한 소재들 말이다.

크게 이슈화된 것에 대해서 개인의 입장을 강력하게 표명하는 것만 자제하면 된다.

사적인 자리에선 해도 된다.

그러나 개인 방송에서 너무 자신의 사상을 드러내면, 분명 꼬투리를 잡히게 될 것이다.

세상에는 착한 사람만 존재하는 게 아니다. 강민허가 랭킹전을 돌릴 때에도 어그로성 플레이어들과 적지 않게 매칭되었다.

강민허의 팬이 많은 만큼, 그를 안 좋게 보는 사람들도 많을 터.

안티 팬들에게 물고 뜯고 할 기회를 굳이 줄 필요는 없었다.

그래서 민감한 소재, 이슈화된 것에 관련된 이야기는 가급적이면 말을 자제하는 편이 좋다.

그건 강민허도 잘 아는 사실이었다.

예전부터 쭉 고집해 온 방송 태도였기에 강민허가 그 부분에서 문제를 터뜨리거나 하진 않을 것이다.

오진석 코치는 그렇게 믿고 있었다.

*　　　　*　　　　*

다음 경기까진 시간이 어느 정도 남아 있었다.

그동안 강민허는 개인 방송 안정화에 집중하기로 했다.

리그도 중요하지만, 개인 방송을 통해 들어오는 수입을 보니 이쪽도 신경을 쓸 수밖에 없었다.

게다가 강민허의 개인 방송에 투자된 게 많다.

팀 단위로, 스위치 플랫폼에서도 강민허의 방송에 투자를 아끼지 않았다.

기왕 시작하기로 한 거, 기대에 부응해야 하지 않겠나.

두 번째, 세 번째 방송이 연이어 계속되었다.

황금기라 할 수 있는 주말이 찾아왔다.

주말에도 강민허는 방송을 쉬지 않았다.

어차피 친구도 없어서 숙소에서 방송이나 하기로 했다.

성진성은 그런 강민허의 모습에 혀를 찼다.

"대단하다, 너."

"내가?"

"방송하고, 리그 연습하고 자고. 이 세 가지 패턴만 계속 반복하고 있잖아. 안 지겨워?"

"재미있는데?"

강민허의 대답에 성진성은 감탄사를 재차 내뱉었다.

이것도 어찌 보면 재능이다.

"그나저나 형은 리그 준비 안 해?"

"안 하긴. 겁나 열심히 하고 있고만."

성진성도 어떻게든 높은 곳으로 올라가기 위해 발버둥치는 중이다.

강민허는 성진성의 훌륭한 자극제 역할을 맡고 있었다.

처음에는 강민허라는 이름만 들어도 이가 갈렸지만, 프로리그에서 우승을 차지하기까지 합심을 하다 보니 이제는 강민허란 존재가 더 이상 증오의 대상이 아닌 전우가 되어버렸다.

게다가 강민허는 성진성에게 많은 도움을 줬다.

성진성은 도움을 준 이를 모질게 대하지 않는다. 강민허는 확실히 성진성의 성장에 많은 원동력이 되어줬다.

그래서 강민허가 더욱 신경이 쓰였다.

"개인 방송도 좋지만, 리그 준비에도 신경 써. 그러다가 탈락할지도 몰라."

강력한 로얄로더 후보, 강민허.

성진성은 가급적이면 강민허가 높은 곳까지 올라가 도백필을 꺾어줬으면 하는 바람을 가지고 있었다.

티를 내진 않았지만, 사실 성진성은 도백필을 별로 좋아하지 않았다.

자신이 로인 이스 온라인의 정점인 것처럼 행동하는 것이 성진성의 신경을 자꾸 자극했다.

베스트 시나리오라면 성진성이 도백필과 결승에서 만나 그를 꺾는 거겠지만, 성진성은 현실을 잘 아는 남자다.

그에게 아직까지 도백필을 꺾을 만한 실력이 없다는 건 잘 안다.

그래서 강민허에게 기대를 걸어보고 있었다.

강민허는 모두가 힘들다고 할 때 늘 기적을 보여주는 선수였다.

이번에도 강민허의 기적은 발휘될 것이다.

성진성의 걱정스러운 말에 강민허가 시원스럽게 미소를 지었다.

"땡큐. 형이 내 걱정을 다 해주고. 오늘 해가 서쪽에서 떴나

보네. 확인해 볼걸."

"시끄러워. 나도 챙겨줄 땐 챙겨주는 남자라고. 그러니까…
민아 씨한테 잘 어필해 둬라. 알았냐."

"알았어, 알았어."

노골적으로 윤민아를 향한 사심을 드러내는 성진성이었다.

그와의 대화를 끝낸 뒤. 강민허는 바로 방송을 시작했다.

방송을 틀자마자 시청자들이 금세 모여들었다.

처음 독점 송출 방송을 시작할 때 6만에 근접했던 강민허
의 시청자 숫자는 안정화에 돌입해 이제 5만 중반대는 꾸준
히 유지했다.

나쁘지 않은 성적이었다.

스위치에서 어디 대회라든지 이런 걸 개최하지 않는 이상,
개인 방송이 5만 명을 찍기란 결코 쉬운 일이 아니다.

적어도 대한민국에 한정했을 때, 시청자 수는 강민허가 독
보적인 1위였다.

"오늘도 변함없이 1부는 로인 이스 온라인으로, 2부는 트라
이얼 파이트로 갈게요."

오늘의 일정을 간략하게 말해줬다.

개인 방송을 시작하고 난 이후, 쭉 이 스케줄이었다.

중간에 먹방 같은 것도 한번 해보겠다고 공약을 내걸었지
만, 아직까지 실행한 적은 없었다.

시청자들은 강민허에게 먹방뿐만 아니라 야외 방송, 줄여서 야방도 해달라는 요청을 해왔다.

강민허에게 바라는 게 너무 많았다.

그러나 강민허는 아직 준비가 되지 않았다.

물론 정화수에게 먹방, 야외 방송 같은 것을 물어보기도 했었다.

그러나 정화수도 그런 콘텐츠를 아직 직접 해본 적이 없어서 강민허에게 도움이 될 만한 말을 해주지 못했다.

이럴 때마다 드는 생각이 있었다.

'개인 방송에 능숙한 사람이랑 알고 지내면 편할 텐데.'

정화수가 있긴 하지만, 정화수는 방송을 엄청 오랫동안 한 사람이 아니었다.

경력으로 따지면 2년 남짓 정도 되었다.

스위치에는 정말 다년간의 경력을 지닌 사람들이 많았다.

저 사람들 중 몇 명과 친분이 있어도 먹방이나 야외 방송 같은 콘텐츠를 어떻게 진행하면 되는지 금방 가르침을 받을 수 있을 것 같았다.

그러나 계기가 없었다.

'뭔가 방법이 없을까.'

계기는 만들면 된다.

순간 강민허는 정지오에게 들었던 스위치의 기능 중 하나를 떠올렸다.

호스팅.

자기 방송을 보던 시청자들을 다른 방송으로 연결해 주는 호스팅 기능을 지원하는 플랫폼이 바로 스위치다.

'좋아, 오늘 방송 끝날 때 즈음에 호스팅으로 친분을 쌓아 봐야겠어.'

강민허의 방송은 늘 그렇듯 매끄럽게 흘러갔다.

사람 수가 많다 보니 어그로의 숫자도 그만큼 많긴 했으나, 강민허의 방은 스위치가 온 힘을 다해 관리하고 있었기에 어그로가 나타났다 싶으면 바로 숙청 작업에 들어갔다.

덕분에 가장 큰 덕을 본 사람은 바로 윤민아였다.

안 그래도 5만 명이 넘는 시청자들을 혼자서 어떻게 통제해야 하나 고민이 많았다.

그러나 스위치에서 아낌없는 지원을 보내준 덕분에 윤민아는 별다른 어려움 없이 매니저 역할을 소화할 수 있게 되었다.

깨끗한 채팅창 관리. 특별히 강민허의 방송에는 영어 통역까지 붙었다.

점점 글로벌로 나아가는 강민허의 모습에 스위치 코리아는 연신 행복한 비명을 내질렀다.

방송을 켰다 하면 무조건 1등이다. 강민허의 개인 방송 시청자 수는 이제 게임 리그 대회 같은 것으로도 비빌 수가 없는 단계까지 성장했다.

오히려 리그를 여는 것보다 강민허에게 웃돈을 더 줘서 일정 시간 동안 방송을 하게 만드는 편이 더 많은 시청자 수를 기록할 수 있었다.

엄청난 영향력을 지니게 된 강민허.

그러나 아직 그는 부족한 게 있었다.

스위치에서 방송하는 사람들과의 친분이 부족했다.

아니, 부족하다는 말을 붙이기에도 민망하다.

친분이 없다. 이게 더 정확한 표현이었다.

강민허는 방송의 질을 높이기 위해서라도 친분 관계를 만들고 싶어 했다.

그래서 호스팅이라는 수단을 떠올렸다.

"여기서 그대로 방송 종료 하는 건 좀 그렇고, 다른 방으로 호스팅을 해드릴게요. 어디로 할까요."

5만 명이라는 대군을 어디에다 보낼까.

채팅창에 시청자들이 원하는 방송인의 이름으로 도배되었다.

엄청나게 많았다. 강민허는 스위치에서 이렇게 많은 사람들이 개인 방송을 하고 있다는 사실을 다시금 깨달을 수 있었다.

그러나 강민허는 호스팅에 기준을 정해뒀다.

5만 명이라는 숫자를 충분히 감당할 수 있을 것. 그런 역량을 지닌 개인 방송인에게만 호스팅을 해주려고 했다.

평균 시청자 수 50~80명을 왔다 갔다 하는 소규모의 방송국에 갑자기 5만 명이라는 시청자를 호스팅해 주면, 그건 기쁜 일이 아니라 재앙이다.

5만 명이라는 많은 시청자 수를 충분히 감당할 수 있는 체계를 갖춘 곳으로 보내야 한다.

그리고 또 다른 조건이 붙는다.

로인 이스 온라인, 혹은 트라이얼 파이트 7을 주력으로 삼는 개인 방송이어야 할 것.

5만 명의 시청자들은 강민허를 보기 위해 왔겠지만, 동시에 그가 하는 게임의 팬이기 때문에 오는 이유도 있었다.

그래서 강민허는 이런 조건을 생각해 뒀다.

개인 방송 리스트를 띄운 강민허.

시청자 수 2위를 달리고 있는 방송이 하나 있었다.

'셀리아'라는 닉네임을 가진 외국 여성 방송인이었다.

평균 시청자 수는 1만 2천명에서 1만 5천 명을 왔다 갔다 했다.

강민허는 호스팅 버튼을 누르기 전에 시청자들에게 마지막으로 한마디를 남겼다.

"호스팅, 나우."

동시에 강민허의 방송 화면이 꺼졌다.

이후, 시청자들의 화면은 셀리아의 개인 방송 화면으로 넘어갔다.

강민허가 5만 명의 시청자를 호스팅해 줬다는 문구가 화면에 뜨자, 셀리아라는 금발의 여성은 놀라움을 금치 못했다.

도합 6만 명의 시청자를 기록하게 되었다.

물론 6만 명의 시청자가 계속 유지되진 않았다. 시간이 지날수록 시청자 수는 계속 줄어들었다.

그러더니 2만 명에서 멈췄다.

그러나 2만 명이라는 숫자도 굉장한 것이다. 셀리아는 지금까지 단 한 차례도 2만 명의 벽을 넘지 못했었다.

호스팅이 되자마자 셀리아는 강민허에게 고맙다는 말을 전했다.

강민허도 셀리아의 방에 들어가 있었다.

강민허는 간단한 영어 회화 정도는 충분히 소화가 가능했다.

채팅으로 셀리아에게 '천만에요'라는 의미를 담은 문구를 올렸다. 셀리아는 강민허의 채팅 로그를 확인하자마자 그에게 매니저 자리를 넘겼다.

"굳이 매니저까지 안 줘도 되는데."

그래도 모처럼 준 거, 매몰차게 거절하는 것도 예의는 아니라고 생각한 모양인지 강민허는 그대로 매니저 직위를 달기로 했다.

방송을 켜뒀다가 30분가량 셀리아의 방송을 지켜봤다.

셀리아는 3년 동안 개인 방송을 해왔던 프로 방송인이다.

그녀의 행동, 몸짓 하나하나가 배울 만한 것들 투성이였다.

"다른 사람의 방송을 봐두는 것도 많은 도움이 되는구나."

그러다가 중간에 놀랄 만한 일이 발생했다.

배경 음악으로 K팝이 나오자, 셀리아가 한국말을 들려줬다.

"이 노래, 제가 개인적으로 좋아하는 노래예요."

게다가 한국말도 꽤 능숙했다.

강민허는 도중에 고개를 갸우뚱했다.

셀리아가 이렇게 한국말을 잘하는 방송인이었나? 겉으로 보기에는 천상 외국인이었다.

서구적인 몸매는 특히나 많은 남자들의 시선을 빼앗고 있었다. 셀리아도 일부러 자신의 몸매를 어필하려는 모양인지 타이트한 옷, 혹은 가슴 부근이 푹 파인 옷을 주로 입었다.

지나가던 성진성이 강민허의 모니터 화면을 포착했다.

"짜식, 너도 남자구나. 셀리아 방송을 다 보고."

"형. 이 사람, 누군지 알아?"

"알지! 유명하잖아. 몰랐어?"

"몰랐는데."

"이 녀석 봐라? 방송한다는 녀석이 셀리아를 모르면 어떻게 하냐?"

셀리아 이야기가 나오자 성진성의 텐션이 업되었다.

"여성 방송인 중에서 현재 가장 유명한 사람일걸? 세계 단위로는 잘 모르겠지만, 적어도 우리나라에서는 확실해."

"외국인 여성이 왜 우리나라에서 인기가 제일 많아?"

"이 사람, 혼혈이거든."

"아, 그래?"

자세히 보니 혼혈 티가 났다.

성진성은 추가로 다른 정보를 들려줬다.

"그리고 지금 방송하고 있는 곳이 한국이야."

"외국이 아니라?"

"우리나라에서 대학까지 다니고 있어. 서울에 있는 대학이라고만 들었고, 어느 대학인지는 구체적으로 밝히지 않았는데… 여튼 우리나라에서 방송하고 있으니까 나중에 합방 같은 거 한번 제안해 봐. 그리고 합방할 때, 나 부르는 거 잊지 말고."

"형은 왜?"

"내가 셀리아의 열렬한 팬이니까."

"그래? 민아한테 전해둘게."

"야야야야야야야! 이 자식아! 지금 뭐 하자는 짓이야?! 스마트폰 안 내려놔?!"

윤민아 이야기가 나오자마자 성진성은 굉장히 민감하게 반응했다.

키득키득 웃던 강민허가 진정하라는 식으로 말했다.

"뭐, 유명인 좋아할 수 있지. 진정해, 형. 여친 있는 남자는 걸 그룹 좋아하지 말라는 법 없잖아. 안 그래?"

"…하여튼 저놈의 주둥이리는 진짜 잘 놀린다니까."

성진성은 한숨을 푹 내쉬었다.

*　　　　*　　　　*

셀리아라는 방송인에 대한 정보를 접하게 된 강민허.

다음 날. 낮에 방송을 켰을 때, 강민허는 눈을 의심했다.

셀리아의 방송이 On 상태였기 때문이었다.

그녀의 성실함에 강민허의 입에서 감탄사가 절로 나왔다.

"이 사람, 방송 엄청 성실하게 하네."

낮 1시부터 방송을 켜두고 있었다. 방송 시작 시간도 오후 1시부터였다.

어제 강민허가 셀리아에게 호스팅을 했을 때의 시간은 저녁 11시 정도.

그 말은, 어제 최소 10시간 이상은 방송했다는 뜻이 아닐까.

게다가 방송도 자주 하는 편이었다.

인기 있는 개인 방송인은 그만한 이유가 있다.

셀리아는 외모, 몸매를 떠나서 성실함으로 시청자들에게 많은 호감을 샀다.

게임 실력은… 그렇게까지 좋아 보이지 않았다.

셀리아는 로인 이스 온라인을 주력으로 삼는 방송인이었다.

아이템이나 캐릭터 육성은 잘되어 있었지만, 컨트롤은 영 별로였다.

특히 PvP는 최악이었다.

"내가 알려주고 싶을 정도네."

강민허는 진심이었다.

파밍을 꽤나 오랫동안 해서 그런지 템으로 따진다면 전 서버 상위 50위권 안에 들 정도였다.

그러나 컨트롤이 아쉽다.

너무 아쉽다.

물론 PvP 말고 PVE만 즐긴다면 컨트롤이 크게 필요친 않을지도 모른다.

하나 중간중간에 컨트롤을 많이 요구하는 던전이 있다.

특히 파티 사냥을 할 수 없는 1인 입장 던전 같은 경우에는 온전히 본인만의 컨트롤로 극복을 해야 한다.

그런 경우를 셀리아는 능숙하게 해내지 못했다.

강민허는 셀리아의 방에 입장했다.

설정을 해둔 모양인지 강민허가 들어가자마자 자동으로 매니저가 주어졌다.

강민허의 등장에 셀리아는 한국말로 강민허에게 인사를 건넸다.

─안녕하세요, 강민허 님! 어제 너무 고마웠어요. 오늘도 방송 켜세요?

강민허는 켤 예정이라고 채팅했다.

셀리아는 강민허에게 많은 관심을 보였다.

셀리아의 방송을 오랫동안 지켜본 시청자들 중에 몇몇은 강민허에게 어제 셀리아가 강민허에게 로인 이스 온라인 개인 교육을 받고 싶다는 말을 몇 번 흘렸다고 고자질을 했다.

셀리아는 당혹감을 감추지 못했다.

─민허 님 많이 바쁘실 텐데, 그런 말은 하지 말아주세요. 괜히 부담 느끼실 테니까요.

리그 준비에 개인 방송까지.

강민허가 바쁜 사람이라는 건 굳이 그의 가까운 지인이 아니더라도 충분히 알 수 있는 내용이었다.

그러나 아직 셀리아가 모르는 게 있었다.

강민허는 관대하다.

ㅡ시간 되시면 나중에 같이 합방이라도 하죠. 제가 던전 공략하고 PvP 알려 드리겠습니다.

강민허의 채팅 문구 하나에 채팅 올라오는 속도가 3배 빨라졌다.

한국인, 외국인 불문하고 합방 분위기가 조성되자 다들 찬성하는 분위기였다.

셀리아는 다시 한번 조심스럽게 물었다.

ㅡ정말로요? 안 바쁘세요?

의심이 많다기보다는 강민허가 괜히 채팅창 분위기 때문에 무리해서 일부러 약속을 잡으려고 하는 건 아닐까 걱정이 돼서 하는 말이었다.

강민허도 셀리아가 무슨 의도로 이런 태도를 취하는지 잘 알고 있었다.

ㅡ예. 제가 스위치에서 아는 방송인분들이 아무도 없거든요. 친목을 다지고 싶었는데, 셀리아 님만 괜찮다면 앞으로 계속 좋은 관계 유지하고 싶습니다.

셀리아의 표정이 확 밝아졌다.

구체적인 합방 날짜는 나중에 짜기로 했다. 어제 겨우 알기 시작했는데, 내일 당장 합방 날짜를 잡는 건 너무 빨랐기 때문이었다.

우선은 강민허가 스위치에 좀 적응하고 난 다음에 추진하기로 했다.

그리고 조만간 개인 리그 경기도 있을 예정이다.

개인 방송도 중요하긴 하지만, 개인 리그에도 소홀하게 할 수는 없었다.

강민허는 어느 한쪽을 포기하고 다른 한쪽에 올인한다는 그런 건 별로 좋아하지 않았다.

이득을 취할 수 있다면, 두 마리 토끼를 다 잡고 싶어 했다.

강민허는 욕심이 많은 남자다.

재능이 있기에 욕심도 낼 수 있는 법.

셀리아는 강민허에게 따로 귓속말을 보냈다.

가능하다면 연락처를 알 수 있겠냐는 문의였다.

강민허는 흔쾌히 자신의 연락처를 알려줬다.

나머지 대화는 방송 채팅창이 아닌 개인 메신저를 통해 주고받기로 했다.

셀리아의 개인 연락처를 따낸 강민허.

그녀의 프로필 사진과 본명이 강민허의 메신저 친구 목록에 추가되었다.

"진성이 형이 보면 까무러치겠는걸?"

어디 성진성뿐이랴.

셀리아를 좋아하는 팬이거나 아니면 개인 방송에 관심이
많은 사람들은 모두가 다 강민허를 부러워할 것이다.

제22장
합방

강민허는 로인 이스 온라인 개인 리그 주최 측으로부터 내려온 소식통을 적은 종이를 면밀히 살폈다.

8강 경기는 대전으로 내려가 펼치기로 예정되어 있었다.

대전에 마련된 특별 무대에서 8명의 선수들이 경기를 펼칠 것이다.

지방에서 치러지는 경기인 만큼 준비 기간이 여타 다른 경기에 비해 좀 있는 편이었다.

2주가량 남았다. 그동안 강민허는 개인 방송에 힘을 쏟았다.

중간에 셀리아와의 합방 추진도 있었다.

메신저로 서로 연락을 주고받는 강민허와 셀리아.

합방은 두 사람이 머물고 있는 거주지 중 한 곳을 택해 진행하기로 했다.

그러나 강민허의 경우에는 개인 집이 아닌 숙소였기 때문에 셀리아가 이곳에 오기에는 다소 문제가 있었다.

그래서 강민허는 셀리아의 집으로 찾아가기로 했다.

그녀는 혼자 산다. 집 내부에는 개인 생활공간과 방송할 수 있는 개인 스튜디오가 따로 마련되어 있었다. 그곳에서 합방을 추진하는 편이 어떠냐는 의견이 나왔다.

이 의견은 셀리아가 먼저 제시했다.

그래서 강민허는 부담 없이 오케이할 수 있었다.

남자가 여자 혼자 사는 집에 가겠다고 말을 먼저 꺼낼 수는 없었다. 그런데 마침 셀리아가 제안을 했으니, 강민허는 거리낄 게 없었다.

한편. 강민허가 셀리아의 집으로 찾아가 합방을 추진할 거라는 소식을 들은 성진성은 부러움의 시선으로 강민허를 하루 종일 쳐다봤다.

"정말로 셀리아랑 합방하는 거, 맞지?"

"형. 아침부터 지금까지 그 질문, 몇 번 했는지 알아? 15번 했다고, 15번."

"그렇게나 많이 했어?"

본인이 인지하지 못할 정도였다.

15번의 질문에 강민허는 전부 다 같은 대답을 들려줬다.

"할 거야. 내일 저녁에."

"하… 부러운 녀석! 나는 왜 안 데려가냐?"

"형이 가서 뭐 하게?"

"게임?"

"나는 게임을 하러 가는 게 아니라 개인 방송을 하러 가는 거야. 그걸 알아두라고."

"하여튼 말은 겁나 잘한다니까. 얄미워 죽겠네."

게다가 틀린 말도 아니라서 뭐라 태클을 걸 수도 없었다.

강민허의 말이 옳다.

단순히 게임하러 가는 게 아니다. 방송을 하러 가는 거다.

안타깝게도 성진성은 개인 방송 경험이 전무하다. 가봤자 별로 도움이 안 될 게 뻔하다.

본인도 그걸 잘 안다.

차라리 정화수가 가는 게 더 도움이 될지도 모른다.

"화영 씨는 알고 있냐?"

"뭘?"

"네가 셀리아랑 합방할 거라는 거."

"모르지 않을까? 적어도 난 이야기해 주지 않았으니까."

"왜 말 안 해줬어?"

"말해줘야 하는 이유가 뭔데?"

"그야 화영 씨가 너한테 관심 가지고 있는 거 같으니까."

"이성적으로?"

"아마도?"

성진성도 확신을 가지고 있는 건 아니었다. 남자가 여심을 100% 완벽하게 파악할 수는 없었으니까.

설령 이화영이 강민허에게 이성적으로 관심을 가지고 있다 하더라도 일일이 누구와 합방한다는 보고까지 하는 건 오버였다.

"셀리아 님이랑 수상한 짓 하러 가는 것도 아닌데, 뭘."

"하긴, 그렇지."

"그리고 형은 내 합방에 신경 쓰지 말고 8강 경기나 신경 쓰는 게 더 좋지 않아? 이번 경기, 빡셀 텐데."

"…짜식. 아픈 곳을 건드리네."

성진성이 개인 리그 8강에 오른 건 그의 커리어 중 가장 큰 업적이었다.

프로 리그는 그렇다 치더라도 개인 리그는 프로게이머의 역량이 어느 정도인지 객관적으로 판단을 내릴 수 있는 중요한 지표가 된다.

개인 리그 우승 경험이 있고 없고는 매우 중요하다.

몸값이 달라지는데, 중요하지 않을 리가 없다.

강민허의 목표는 물론 우승이다.

성진성도 우승을 목표로 하고 싶었지만…….

문제는 8강 대진이었다.

"하필이면 그 많고 많은 사람들 중에서 도백필이 걸리냐……."

로인 이스 온라인 최강자라 불리는 남자, 도백필.

그가 성진성의 8강 상대였다.

최악의 대진 운이라 불려도 손색이 없을 정도였다.

도백필에게는 반대되는 의미로 적용되겠지만 말이다.

"형. 도백필 선수, 이길 자신 있어?"

"당연히! …없지."

성진성은 바로 꼬리를 내렸다.

완전무결(完全無缺)이라는 단어는 도백필에게 허락된 표현 같았다. 그 정도로 도백필은 약점이 없는 선수였다.

정석적인 플레이. 변수를 두지 않는 안정적인 경기 운영.

그리고 압도적인 실력.

이것이 도백필의 주된 전략이다.

반면, 강민허는 도백필과 천차만별이었다.

그는 늘 변수를 고려한다.

변수로 상황의 역전을 꾀한다. 그래서 선수들은 강민허라는 존재를 두려워했다.

지능형 플레이어인데 피지컬도 뛰어나다. 문과 무를 동시에 거머쥔 자. 그가 바로 강민허다.

강민허와 도백필은 예전부터 팬들 사이에서 라이벌로 통하고 있었다.

강민허의 자신감 넘치는 도발 때문이었다.

도백필도 인터뷰를 할 때나 혹은 방송에서 자주 강민허의 이름을 언급했다. 그래서 두 남자는 숙명의 라이벌 관계라 불리고 있었다.

게다가 모든 것들이 다 정반대다.

플레이 스타일도 다르고, 커리어도 다르다.

정점에 오른 도백필과 다르게 강민허는 내세울 수 있는 거라고는 반년도 안 지난 2부 프로 리그 우승 경력이 전부였다.

챔피언과 도전자.

두 존재의 싸움은 아직까지 단 한 번도 성사되지 않았다.

자칫하면 8강에서 강민허 VS 도백필 대진이 완성될 뻔했다. 그러나 아직 게임의 신은 두 남자의 대결을 허락하지 않았다.

대신, 성진성이 강민허를 대신해 ESA 로고를 달고 도백필과 마주하게 되었다.

성진성은 왠지 강민허를 대신해서 도백필에게 도전하는 그런 느낌을 강하게 받았다.

"야, 민허야."

"왜. 또 합방 진짜 하는 거냐고 물어보려고?"

"아니, 그건 됐어. 15번이나 했으면 많이 물어본 거지."

"그럼 뭔데."

"8강 자리, 너한테 팔까?"

"……."

강민허는 아무런 말도 하지 않았다.

대신, 그저 성진성을 한심하다는 시선으로 지그시 바라볼 뿐이었다.

성진성도 잘 안다. 8강 대진 마음에 안 든다고 돈 받고 사고팔고 할 수 없다는 사실을.

"그냥 해본 말인데 너무 그렇게 나 한심하다는 듯이 바라보지 마라. 농담이라고."

그만큼 도백필과 맞붙기 싫어서 하는 말이었다.

성진성의 한숨은 더욱 무거워졌다.

누구는 8강에서 도백필과 맞붙게 됐는데, 누구는 인기 있는 여성 방송인과 같이 개인 방송을 하러 간다고 하니 성진성은 본인의 신세가 너무 처량하게 느껴졌다.

이 상황을 극복할 수 있는 해결안을 강민허가 들려줬다.

"이기면 되잖아."

"도백필 선수를?"

"어."

"얌마. 내가 도백필을 어떻게 이기냐?"

"불가능한 건 아니잖아?"

"그거야… 그렇긴 하지."

불가능은 없다.

적어도 e스포츠에서는 이 말이 정말 잘 통용된다.

승률 0퍼센트에 가까운 경기도 자주 역전이 나온다. 승부의 세계라는 건 모르는 법이다.

혹시 또 모르는 법이다. 강민허의 말대로 정말 성진성이 도백필을 이기는 기적이 연출될지도.

약자의 반격. 스포츠 드라마 시나리오상으로는 정말 최고의 소재다.

물론 그 길은 매우 힘들 것이다. 그래도 힘든 일을 해내는 것이 승부사의 역할 아니겠나.

"형이 원한다면 언제든지 스파링 상대 되어줄 테니까 힘내."

"짜식, 고맙다."

이래서 성진성은 강민허를 미워할 수가 없었다.

*　　　　*　　　　*

오후에 8강 경기를 위한 연습을 마치고 난 뒤.

강민허는 차를 끌고 셀리아가 살고 있는 집으로 향했다.

개인 방송 촬영은 저녁 6시부터였지만, 강민허는 그보다 2시간 더 빠른 4시에 셀리아의 집에 도착했다.

퇴근 시간을 피하기 위해서였다.

괜히 퇴근 시간에 차 끌고 갔다가 막히기라도 하면 답도 없다.

그런 불상사를 초래하지 않게 하기 위해 강민허는 이른 시간에 약속 장소에 도착했다.

오늘 합방을 위해 셀리아는 이른 오후 시간에 하던 방송을 잠시 중단했다.

저녁 때 다시 켠다는 말을 남기고 강민허가 오기만을 기다렸다.

차를 주차시키고 엘리베이터 앞에 마주 선 강민허.

오면서 강민허는 건물의 외형을 전체적으로 한번 쭉 훑었다.

"좋은 곳에 살고 있네."

셀리아는 개인 방송인 중에서도 고소득 랭킹 순위에 들 정도로 많은 수익을 벌어들이는 방송인이었다.

구체적으로 밝혀진 수입은 아직 없지만, 1년에 벌어들이는 금액이 억은 넘는다는 말이 일파만파 퍼져 있었다.

'가서 물어보면 알려주려나.'

그러나 동종업계에 몸을 담고 있다 하더라도 수익을 물어 보기에는 조금 그렇다.

그리고 알아봤자 큰 도움이 되려나 싶었다.

"901호였지?"

엘리베이터를 타고 9층까지 향했다.

초인종을 누르자, 바로 현관문이 열렸다.

"어머, 강민허 님! 만나서 반가워요."

"강민허입니다. 들어가도 되나요?"

"물론이죠! 들어오세요, 들어오세요!"

셀리아의 한국말 실력은 굉장히 능숙했다.

성진성의 정보 그대로였다.

집은 굉장히 넓었다. 30평 이상은 되어 보였다.

"여기서 혼자 사시나요?"

"네. 저 혼자 살아요. 아, 너무 구석구석까지 훑어보진 마세요. 나름 열심히 청소한다고 했는데… 아직 안 치워진 곳이 있을지도 모르니까요."

셀리아는 얼굴을 붉히면서 말했다.

방송에서 보는 것과 실제로 보는 것과 별 차이가 없는 모습이었다. 정화수와 사뭇 달랐다.

"이쪽으로 오세요. 마실 거라도 드릴까요?"

"물이면 됩니다."

"잠시만 기다려 주세요."

얼음이 나오는 정수기로 시원한 냉수를 순식간에 만들어 대접하는 셀리아.

손님맞이에 능숙했다.

"먼 길 오시느라 고생 많으셨어요. 차는 안 막혔죠?"

"네. 맞다, 나중에 주차권 좀 부탁드려도 될까요?"

"물론이죠! 도장 있으니까 그거 찍어드릴게요. 그리고 바쁜 시간 내주셔서 정말 고마워요. 민허 씨… 아, 민허 씨라고 불러도 되죠?"

"네."

"고마워요. 평소에 제가 민허 씨의 팬이거든요. 경기도 다 챙겨 보고… 그리고 이건 여담이지만, 개인 방송에도 자주 놀러 갔었어요. 방송도 잘하시고, 게임도 잘하시고. 한때는 민허 씨의 방송에 푹 빠진 적도 있을 정도예요."

"하하, 그렇군요."

듣기 좋으라고 하는 사탕발림은 아닌 듯했다.

셀리아는 강민허의 방송에 대해서 이야기할 게 너무 많은 모양인지 계속해서 수다를 떨었다.

성진성 이상의 수다쟁이었다.

하기야. 개인 방송을 진행하는 사람은 본래 말을 많이 해야 한다. 누군가가 나서서 오디오를 대신 채워주지 않는다. 할 말이 없어도 아무런 말이나 주저리주저리 하는 편이 좋다.

그래야 보는 사람도 심심하지 않게 되니까.

셀리아의 지금 모습은 거기서 생성된 습관이었다.

뒤늦게 너무 혼자서만 떠들었다는 사실을 깨달은 셀리아.

"어머, 죄송해요. 저만 너무 신나서 떠든 거 같네요."

"아닙니다. 그보다 스튜디오 좀 구경할 수 있나요?"

"이쪽으로 오시면 돼요."

셀리아가 먼저 앞장섰다. 움직일 때마다 찰랑이는 긴 금발에 자꾸 시선이 갔다.

감정 표현도 풍부하고, 리액션도 크고. 그리고 준수한 외모, 몸매까지.

'이 아가씨가 왜 인기 있는지 알 거 같네.'

강민허는 무의식적으로 고개를 크게 끄덕였다.

ESA 숙소에 마련되어 있는 스튜디오는 비교적 작은 편이다.

왜냐하면 강민허의 게임 플레이 모습만 나오면 되니까.

그리고 애초에 ESA 숙소는 개인 방송을 위한 장소가 아니다. ESA 프로게이머들의 원활한 연습 공간을 마련하기 위한 장소다. 그러니 개인 방송에 보기 좋은 스튜디오를, 그것도 단기간 내에 갖추는 건 불가능했다.

그러나 셀리아의 집에는 그게 가능했다.

그녀는 이사를 할 때, 처음부터 개인 방송을 진행할 만한 공간이 있는 집을 물색했다.

지금 살고 있는 이 집은 셸리아의 만족도를 충족시켰다.

"괜찮은 곳이네요."

강민허는 스튜디오 여기저기를 둘러봤다.

조명이 한가득이었다.

여성 방송인에게는 특히나 조명이 중요하다. 조명 각도에 따라 보이는 미모가 천차만별로 달라지기 때문이다.

물론 남자도 해당된다. 그러나 강민허는 조명에 크게 신경을 쓰지 않았다.

그저 얼굴이 방송 화면에 잘 나오게만 하면 된다. 강민허는 조명을 그런 용도로만 쓰고 있었다.

하나 셸리아의 개인 방송 스튜디오에 마련되어 있는 조명들은 종류별로 다 있었다.

"이러면 안 덥나요?"

강민허는 문득 그게 궁금해졌다.

조명에서 오는 열기가 장난이 아닐 터.

게다가 셸리아는 화장까지 한다. 땀이라도 나면, 화장이 지워지기 쉬울 터.

셸리아가 들려준 해결책은 매우 간단했다.

"에어컨 틀면 돼요."

"아하, 그런 방법이……."

"겨울에도 틀 때가 있어요. 이 집 자체가 좀 더운 편이거든요. 여름에는 더 덥고요."

"전기세가 만만치 않겠군요."

그래도 그만큼 버니까 상관없지 않을까 싶었다.

셀리아는 웬만한 프로게이머보다도 수익이 많다. 인지도 있는 프로게이머가 아니라면 셀리아 앞에선 수익만으론 명함도 못 내밀 것이다.

이건 그녀의 수익이 어느 정도인지 구체적으로 몰라도 충분히 예상이 가능한 사항이었다.

오늘 이들이 진행할 합방 콘텐츠는 먹방이다.

"술은… 못 마시죠?"

"네. 내일 경기 연습도 해야 하고, 그리고 차도 가져왔으니까요. 대리 맡기면 되긴 하는데, 가급적이면 안 마시려고 합니다."

"그게 좀 아쉽네요."

셀리아는 내심 술 먹방도 같이 진행해 보면 어떨까 하는 생각이 있었다.

그냥 먹방을 하는 것보다 술 먹방을 하는 게 더 재미있기 때문이었다. 그러나 술 먹방이 무조건 좋은 콘텐츠라 할 수는 없었다.

자신의 주량 한계치를 넘으면서까지 막 술을 퍼부어 마시면, 방송 사고로 이어질 가능성이 매우 커진다.

그것을 고려한다면 오히려 오늘은 술 먹방을 안 하는 게 더 좋을지도 모른다.

게다가 초면 아닌가. 초면부터 실수하면 큰일이다.

셀리아는 차라리 강민허가 차를 끌고 온 게 다행이라는 생각을 했다. 어쩔 수 없이 술 먹방을 못 하게 된 게 다행이었다.

"저녁은 뭐로 드실래요?"

"괜찮은 거 있나요?"

"치킨 생각 중인데… 민허 씨, 치킨 좋아하세요?"

"물론이죠. 치느님은 진리니까요. 싫어하는 사람 없을 겁니다."

셀리아도 이런 이유에서 가장 먼저 치킨을 언급했던 것이다.

곧장 주문을 넣는 셀리아.

그러는 와중에 강민허는 스튜디오를 좀 더 구경하기로 했다.

셀리아의 방까진 들어가고 싶지 않았다. 개인 사생활은 충분히 보장해 줘야 한다.

책장에는 각종 장식품이 진열되어 있었다.

토끼 인형이 압도적으로 많았다.

"토끼를 좋아하시나 보군요."

"아, 네. 애완동물도 키우고 있어요. 보실래요?"

셀리아가 키우고 있는 작은 토끼가 있었다. 동글동글한 토끼가 강민허를 빤히 올려다봤다.

가만히 있어도 귀여움이 물씬 풍겨 나왔다.

"이름은 또리라고 해요."

"또리요?"

"네. 귀엽죠?"

"확실히… 귀엽긴 하네요."

숙소에도 반려동물 한 마리 정도 키우는 건 어떨까 하는 생각이 절로 들었다. 그러나 막상 키운다 하더라도 애완동물 관리는 누가 할 건가? 그리고 다수가 모여 사는 숙소였기에 동물 털 알레르기 같은 것을 가지고 있는 사람이 있을지도 모른다.

단체 생활을 하는 도중이었기에 숙소에 애완동물을 기른다는 생각을 함부로 하면 안 될 것 같았다.

'나중에 내가 독립하면, 그때 생각해 보든가 해야지.'

오늘도 강민허의 목표가 하나 더 추가되었다.

*　　　　*　　　　*

치킨이 테이블 앞에 펼쳐졌다.

오늘의 합방을 위해 셀리아는 많은 것을 세팅했다.

깔끔해 보이는 흰색 테이블. 의자도 핑크빛으로 귀여운 디자인을 뽐냈다.

"이거 다 구입하신 건가요?"

"네. 아, 오늘 합방 때문에 구입한 건 아니에요. 그러니까 부담 가지지 마세요. 원래 손님용으로 가지고 있던 건데, 묵혀만 두고 있다가 오랜만에 꺼낸 거예요."

"그렇군요."

역시 방송의 대가.

셀리아 정도 되는 위치에 올라오면, 언제든 합방을 자연스럽게 연출할 수 있는 도구 같은 것들을 다 마련해 두고 있어야 한다.

역시 다른 개인 방송인들은 어떻게 방송을 진행하는지, 그리고 준비하는지 직접 눈으로 봐둬야 한다. 그래야 많은 도움이 된다.

강민허는 지금 보고 느낀 것들을 머릿속으로 착실하게 기억해 뒀다.

데이터를 쌓아갈 무렵, 오늘 먹을 치킨이 세팅되었다.

"그럼 슬슬 방송 켤게요. 합방, 처음 해보시는 거죠?"

"네."

"자연스럽게 임하시면 돼요. 이거 먹고 난 다음에 시청자들한테 민허 씨에게 궁금했던 것들을 몇 개 추슬러서 물어볼게요. 민감한 질문이 있다 싶으면 그냥 패스하시면 되고요. 그 다음에는 직접 게임을 플레이해 주시면 돼요."

"알겠습니다."

순식간에 세 개의 코너를 말해주는 셀리아.

연출력도 대단했다.

강민허는 그냥 방송 켜고 게임하고. 그게 끝이었다.

그러나 셀리아를 보니 강민허도 개인 방송에 좀 더 많은 준비성을 보여야겠구나 하는 생각이 절로 들었다.

최고를 만드는 건 노력이 기본적으로 밑바탕이 되어 있어야 한다.

강민허의 피지컬은 기연을 접하거나 하루아침에 얻은 재능이 아니다.

수도 없는 연습을 남몰래 반복했다. 그래서 얻은 재능이다.

개인 방송도 마찬가지다.

지금은 강민허가 리그에서 우수한 성적을 내고 있기에 많은 시청자들을 끌어모을 수 있었지만, 이 시청자들을 자신의 고정 팬으로 돌리기 위해선 그만한 노력이 필요하다.

'오늘은 배워 갈 게 많네.'

의자에 앉은 사이에 셀리아는 손을 뻗어 방송 시작 버튼을 활성화시켰다.

바로 캠 화면을 송출하진 않았다. 대기 화면으로 10분가량 방송을 틀어놓았다.

그사이에 시청자들이 하나둘씩 모여들었다.

방제는 '먹방 특집! 초대 손님: 강민허 선수'였다.

셀리아와 강민허의 시너지 덕분에 방송을 켠 지 10분 만에 2만 5천여 명의 시청자가 몰려들었다.

강민허에게 호스팅을 받았을 때를 제외하고 셀리아의 최고 시청자 수를 순식간에 갱신했다.

그것도 단 10분 만에.

강민허의 위력이었다

대기 화면에서 캠 화면으로 전환했다.

동시에 셀리아와 강민허, 두 사람의 모습이 나란히 비쳐졌다.

"안녕하세요, 여러분!"

셀리아가 먼저 인사하자, 채팅창에서 '셀하!'라는 단어가 빗발쳤다.

강민허는 저 단어가 뭔지 알고 있었다.

'셀리아 하이'의 줄임말이었다.

"오늘은 저번에 예고했듯이, 강민허 선수하고 같이 합방을 진행할 거예요. 강민허 선수… 아니, 민허 씨라고 불러도 되죠?"

"네, 물론이죠."

사석에선 이미 셸리아는 민허 씨라고 부르고 있었다. 그러나 방송이다 보니 양해를 먼저 구하는 장면을 일부러 보여준 것이다.

"민허 씨, 인사 부탁드릴게요."

"안녕하세요. 전(前) 트라이얼 파이트 7 프로게이머, 그리고 현(現) ESA에서 로인 이스 온라인 프로게이머로 활동하고 있는 강민허입니다. 오늘 하루, 잘 부탁드리겠습니다."

강민허의 자기소개가 끝나자, 채팅창은 박수를 나타내는 손 모양의 이모티콘으로 도배되기 시작했다.

강민허를 모르는 이는 없었다.

그의 개인 방송을 보지 않는 사람이라 하더라도 로인 이스 온라인에… 아니, 게임이라는 분야에 조금이라도 관심이 있는 사람이라면 강민허를 모를 리가 없을 것이다.

도백필은 두말할 필요가 없었다.

두 남자는 현재 e스포츠 최고의 인기를 구사하는 스타로 발돋움했다.

그중 한 명이 자신과 합방을 하게 되었으니, 셸리아는 감개무량했다.

"우선 좀 먹으면서 하죠. 식사 안 하셨죠?"

"네. 안 그래도 배고팠는데, 잘됐네요."

"숙소에서도 이렇게 치킨 같은 거, 자주 시켜 먹나요?"

"저희 숙소에 식탐이 엄청난 선수가 있어서, 그 선수 때문에 야식 주문을 많이 하곤 해요."

"혹시 어느 선수인지 밝혀도 되나요?"

"진성이 형이요. 성진성 선수입니다."

성진성의 이름이 언급되자마자 그에게 바로 메신저가 날아들었다.

[성진성: 야!!! 그걸 말하면 어쩌자는 거냐!!!]

[강민허: 방송의 재미를 위해서야. 형이 희생해. 돌아갈 때 셀리아 사인 받아줄 테니까.]

[성진성: 약속 꼭 지켜라. 우리 민허, 파이팅!]

어쩜 사람이 이리도 단순할까.

강민허는 헛웃음을 삼켰다.

갑작스러운 ESA 숙소 생활 폭로, 그리고 성진성의 희생(?) 덕분에 채팅창 분위기가 한결 달아올랐다.

치킨으로 저녁을 해결한 뒤에 셀리아의 사전 안내에 따라 질의응답 코너가 시작되었다.

"리그 때 힘든 점 같은 게 있나요?"

"글쎄요. 저는 딱히 힘든 건 없었습니다. 2부 프로 리그에서 경기를 펼칠 때에도 그런 점은 없었어요. 연습을 포함해서 전부 다 재미있더라고요. 아무래도 트라이얼 파이트 7만 하다가 다른 게임을 하게 되어서 그런가 봐요. 신선함에서 오는 재미? 그런 느낌이랄까요."

"트라이얼 파이트 7 이야기가 나와서 그런데, 다시 그쪽으로 복귀할 생각은 없나요?"

"은퇴 선언을 하긴 했지만, 대회가 있다면 주기적으로 참가할 예정입니다. 물론 그때는 스폰서를 단 프로게이머가 아니라 일반 참가자겠죠."

말로만 일반 참가자지, 사실상 최강의 일반 참가자라 봐도 무방했다.

강민허는 이미 세계를 재패한 챔피언이다. 예선부터 다시 시작한다 해도 강민허를 무시할 수 있는 이는 아무도 없을 것이다.

트라이얼 파이트 7에선 강민허는 거의 도백필 같은 존재였다.

트파 7 대회 참가 여부는 강민허의 개인 방송에서도 여러 차례 언급했기 때문에 폭탄 발언이라고 불릴 만한 수준까진 아니었다.

질의응답 코너는 비교적 무난했다.

셀리아가 민감한 질문은 다 추린 덕분일지도 몰랐다.

그러나 마지막 질문은 약간 격이 달랐다.

"아, 이거. 저도 묻고 싶었어요."

채팅창에 올라오는 질문 중 하나를 고른 셀리아.

그녀가 고른 질문은 이거였다.

"이화영 아나운서랑 어떤 관계인가요?"

왜 안 나오나 했었다.

강민허와 이화영, 두 사람이 어울리는 모습이 자주 포착되었다. 일각에선 두 사람이 서로 사귀는 거 아니냐는 말도 나오고 있었다.

강민허의 팬으로서 셀리아는 이 부분이 궁금했다.

민감한 질문은 패스해도 된다. 셀리아는 그렇게 말했지만, 강민허는 그렇게까지 심각하게 생각하지 않았다.

"아직은 친구 관계입니다."

"아직이란 말은… 나중에 연인으로 발전할 가능성이 있다는 뜻인가요?"

"사람 일이라는 게 모르는 거니까요. 화영 씨와 연인이 될 수도, 셀리아 씨랑 연인이 될 수도 있지요."

"그, 그런가요……."

셀리아의 얼굴이 화악 붉어졌다.

강민허의 짓궂은 반격에 당해 버리고 말았다.

질의응답 코너도 별 탈 없이 마무리가 되었다.

드디어 대망의 코너.

로인 이스 온라인 플레이 시간이 찾아왔다.

우선 셀리아의 계정으로 먼저 접속을 했다. 컴퓨터가 두 대이긴 하지만, 하나는 방송 송출용 컴퓨터였기 때문에 가만히 놔둬야 했다.

컴퓨터 자리에 앉은 셀리아. 옆에서 강민허가 PvP, PVE를 포함해 로인 이스 온라인의 모든 것을 알려주기로 했다.

셀리아의 가장 큰 약점은 바로 컨트롤이 안 된다는 점이었다.

강민허는 우선 사냥 컨트롤부터 알려주기로 했다.

"주로 사용하는 캐릭터가 뭐죠?"

"이거예요."

격투가 클래스였다.

마침 강민허와 같았다.

"저랑 본캐가 같으시네요."

"실은 본캐는 따로 있었는데, 강민허 선수 플레이를 보고 격투가 클래스에 반해 버려서 부캐였던 것을 주캐로 사용하고 있어요. 근데 하다 보니 컨이 좀 어렵더라고요."

"본래 격투가 클래스가 손이 많이 가는 클래스로 소문이

자자하죠. 어려워하는 게 정상입니다."

말은 이렇게 해도 사실 강민허는 어려움을 느낀 적이 단 한 차례도 없었다.

트라이얼 파이트 7에선 일일이 커맨드로 콤보를 넣어야 했던 강민허였다. 로인 이스 온라인은 단축기 하나 누르면 바로 기술이 나가니까 오히려 강민허는 로인 이스 온라인이 훨씬 더 편했다.

그러나 일부러 그런 말은 하지 않았다.

셀리아를 포함해 여기 있는 대부분의 사람들이 트라이얼 파이트 7 프로게이머 출신이 아니었기 때문이었다.

강민허가 특별한 것이다.

괜히 재능 넘치는 게이머라 불리는 게 아니었다.

우선 셀리아가 어떤 식으로 사냥 콤보를 넣는지부터 지켜보기로 했다.

뒤에서 팔짱을 낀 채 조용히 지켜보는 강민허.

셀리아는 가볍게 손목을 풀었다.

"그럼… 시작해 볼게요."

"언제든지. 준비되는 대로 시작하시면 됩니다."

1인 던전 중에서 난이도 상급에 속하는 고레벨 던전에 도전했다.

템발로는 어디 가도 뒤처지지 않을 정도로 훌륭했다.

스펙에는 문제가 없었다.

그러나 컨트롤이 너무 부족했다.

안 그래도 컨이 부족한데, 뒤에서 강민허가 지켜보고 있다고 생각하니 손이 더 안 움직였다.

결국 중간 보스에서 GG.

강민허는 낮은 신음을 내뱉었다.

"으음……."

"어, 어떻게 보셨나요?"

셀리아는 잔뜩 긴장한 목소리로 물었다.

대답을 들려주기 이전에 강지호는 그녀에게 선택권을 주기로 했다.

"솔직하게 말씀드릴까요? 아니면 포장해서 말씀드릴까요?"

이렇게 물으면 대부분은 이런 선택지를 고른다.

"솔직하게… 부탁드릴게요."

"컨이 많이 부족하시네요."

직설적인 한마디였다. 그러나 셀리아 본인도 아는 거였기에 심리적으로 큰 타격은 없었다.

"시청자들이 맨날 저, 컨트롤 때문에 놀리고 그러거든요. 이제 많이 익숙해졌어요."

"익숙해지면 안 됩니다. 셀리아 님이 좀 더 집중하고 노력한다면, 상급 던전이 아니라 최상급 던전도 혼자서 어렵지 않게 깰 수 있을 겁니다. 가끔 한왕 같은 것도 하고 그러죠?"

"어떻게 아셨어요?"

"종종 셀리아 님 방송 보곤 했거든요."

"아… 네, 했었어요."

컨왕은 '한 김에 왕까지'라는 말을 줄인 단어였다.

말 그대로 목표를 달성할 때까지 방송 종료를 하지 않고 계속 달린다는 것을 뜻했다.

어떤 개인 방송인은 24시간을 넘긴 적도 있었다.

셀리아의 최고 기록은 19시간 30분.

만약 그녀가 컨트롤이 더 좋았더라면, 19시간까지 안 걸려도 될 만한 것들이 많았다.

강민허는 가끔 그걸 볼 때마다 답답함을 느꼈다.

"제가 필살의 콤보를 알려줄게요."

강민허는 격투가의 극에 달한 프로게이머다.

프로게이머에게 직접 배우는 격투가 컨트롤. 흔치 않은 기회다.

셀리아는 두 눈과 귀를 활짝 열어뒀다. 강민허의 가르침을 온몸으로 받아들일 준비를 마쳤다.

"잘 부탁드려요, 선생님!"

"선생님… 듣기 민망한 별칭이긴 하지만, 일단 그건 넘기고요. 우선 PVE 콤보부터 알려 드릴게요."

강민허는 누군가를 가르치는 데 엄청난 자신이 있진 않았다.

　그래서 최대한 간단 명료하게 설명해 줬다.

　"가장 중요한 건 CC기를 얼마나 잘 사용하느냐예요. 격투가 클래스의 주된 CC기는 스턴, 그리고 넉 다운입니다. 넉 다운은 PvP에 자주 사용되는 CC기고, 스턴은 몹들 사냥할 때 주로 사용되는 CC기예요. 주로 사용되는 스턴 기술은……"

　스턴으로 시작해서 깔끔하게 연계되는 기술들까지 전부 다 알려줬다.

　이론은 완벽하게 알려줬으니, 이제 남은 건 실전이다.

　"수련장에 가서 연습해 보죠."

　"네!"

　수련장에는 본인이 원하는 타입의 몬스터들을 소환해서 연습할 수 있는 기능이 마련되어 있었다.

　몬스터의 체력은 무한. 덕분에 계속 콤보 연습을 할 수 있었다.

　"스턴기 넣고, 연계 기술……"

　몇 번을 되뇌는 셀리아.

　강민허가 알려준 대로 먼저 스턴기를 넣은 후에 차례차례로 연계 기술을 넣었다.

　격투가 클래스의 생명은 바로 연계다.

연계에 성공할수록 대미지가 높아진다.

콤보를 잘 넣어야 격투가 클래스의 진정한 가치를 이끌어 낼 수 있게 된다.

첫 번째, 두 번째, 세 번째 시도가 이어졌다.

전부 다 실패다.

"셀리아 님, 너무 조급하게 생각하지 마세요. 진정하시고 천천히. 급한 거 아니에요. 그리고 키 막 누르시면 안 됩니다. 나갈 스킬도 안 나가게 돼요. 한 번만 누르면 되니까 너무 연타하지 마세요."

"아, 알겠어요!"

목소리에서부터 긴장감이 느껴졌다.

강민허의 맨투맨 코칭 덕분일까.

정확히 아홉 번째 만에 강민허가 알려준 풀 콤보를 넣는 데 성공했다.

"해, 해냈어요!"

그러나 기뻐하기엔 아직 일렀다.

"열 번 중에 한 번 성공… 성공 확률이 10퍼센트밖에 안 돼요. 좀 더 연습해 봅시다."

"네!"

아홉 번의 실패보다 한 번의 성공이 더 달게 느껴지는 법이다.

셀리아는 마지막에 성공했던 콤보 감각을 다시 떠올리면서
연계기를 주입했다.

＊　　　＊　　　＊

반복되는 연습.

처음에는 힘들다, 라는 느낌이 든 셀리아였지만, 적응하다
보니 점차 게임에 대한 재미를 느껴가기 시작했다.

동시에 이런 생각도 들었다.

아, 내가 로인 이스 온라인을 아직 제대로 잘 모르고 있었
구나.

특히 격투가 클래스에 대한 세계관이 확 트인 듯한 느낌을
받았다.

알고 보니 격투가 클래스가 안 좋은 게 아니었다.

그저 자신의 손이 안 좋았던 것이었다.

게임업계에 있어서 유명한 말이 있다.

아무리 안 좋은 캐릭터라 하더라도 결국 파일럿의 손에 따
라 승패가 좌우된다고.

만약 강민허가 셀리아 정도 되는 템발을 가지고 있었다면,
이미 모든 리그를 제패하고도 남았을지도 몰랐다.

그러나 강민허는 템발보다는 자신의 피지컬에 최적합된 캐

릭터를 원했다. 그래서 일부러 5레벨이라는 낮은 캐릭터를 들고 리그에 계속 참가를 하고 있었다.

그리고 그것을 결과로 증명해 보이고 있었다.

PVE에 이어 내친김에 PvP까지 도전했다.

강민허가 직접 셀리아의 계정으로 대신 PvP를 치를 순 없었다. 그거는 대리가 되기 때문이었다.

많은 사람들이 보는 앞에서 대놓고 대리 경기를 뛰는 모습을 보여줄 수는 없었다. 그렇게 되면 계정 정지다.

셀리아의 방송에 엄청난 타격이 가해질 수 있었기에 강민허는 말로만 셀리아를 응원, 그리고 코칭했다.

"PvP 들어갔을 때 가장 중요한 건 긴장하지 않는 겁니다. 제가 아까 알려 드린 PvP용 콤보, 기억하시죠?"

셀리아는 고개를 크게 끄덕였다.

PvP로 넘어가기 전에 강민허는 PVE용 콤보 말고 PvP용 콤보를 따로 알려줬었다.

그것도 수련장에서 연습을 했다.

PVE보다 PvP 콤보가 더 어려웠다. 그럴 수밖에 없었다. 몹들의 움직임은 단순하다. 그러나 플레이어의 움직임은 빠르고, 그리고 복잡하다.

상대방의 움직임을 예상하고 스킬을 사용해야 했기에 PvP용 콤보가 더욱 어려울 수밖에 없었다.

셀리아의 현재 MMR은 딱 평균치였다.

그러나 강민허가 코치로 활약을 해주니, 금세 MMR이 오르기 시작했다.

채팅창에는 강민허가 한마디 할 때마다 '신께서 말씀하셨다, 신의 말을 받들라!'라는 뉘앙스를 풍기는 채팅창이 많아졌다.

갓민허, 킹민허 같은 수식어로 불리고 있었다.

강민허는 속으로 쓴웃음을 삼켰다.

기분이 좋아야 하는데. 왠지 모르게 놀림감이 된 것 같은 기분도 들었다.

그래도 셀리아가 강민허의 말에 따라 착실하게 성과를 올리고 있으니, 강민허는 가르친 보람을 느꼈다.

또 한 경기를 따낸 셀리아.

벌써 10연승째였다.

"강민허 님이 붙어 있으니까 엄청 잘되는 거 같아요!"

"하하, 다행이네요."

두 사람은 시간 가는 줄 모르고 계속해서 게임에 열중했다.

그러다 보니 벌써 시간은 저녁 11시를 가리키고 있었다.

뒤늦게 시간을 확인한 강민허.

"이제 슬슬 가봐야 할 거 같네요."

"어머, 시간이 벌써 그렇게 됐나요?"

셀리아도 이제야 현재 시간을 확인했다.

저녁 11시. 언제까지 강민허를 붙잡아두고 있을 순 없었다.

방송을 종료한 뒤. 강민허는 셀리아와 간단하게 작별 인사를 주고받았다.

"오늘 정말 재미있었습니다. 그리고 셀리아 님의 실력이 실시간으로 상승하는 게 보이니까 저도 기분이 좋네요."

"강민허 님 덕분이죠. 아, 맞다. 8강 경기, 대전에서 한다고 했죠?"

"예. 아마 그럴 겁니다."

"응원하러 가도 될까요?"

"지방인데도요?"

"네. 저한테 많은 도움 주셨으니까, 은혜를 갚고 싶어서요. 물론 응원 가는 게 은혜 갚는 거랑 별로 크게 상관이 없을 거 같긴 하지만요."

"아닙니다. 응원하러 와주신다면야 저야 고맙죠."

경기를 뛰는 선수들에게 있어서 팬들의 응원은 정말 큰 힘이 된다.

강민허도 마찬가지다.

팬들이 있기에 강민허는 힘을 낼 수 있었다.

8강을 넘어 4강까지, 그리고 4강을 넘어 도백필을 만나러

간다.

그것이 강민허의 목표였다.

"그럼 다음에는 대전에서 뵙는 걸로……!"

"네, 알겠습니다. 먼저 가보겠습니다."

"조심해서 들어가세요! 그리고 나중에 또 합방 같이해요!"

셀리아는 강민허와의 합방이 마음이 들은 모양인가 보다.

훗날에 합방을 또 했으면 좋겠다는 말을 주고받으면서 강민허는 주차장으로 향했다.

차에 오른 강민허.

12시에 가까워진 시간에 서울의 도로는 비교적 한산했다.

숙소에 도착한 강민허는 조심스럽게 숙소 안으로 들어갔다.

아직 밤 늦게까지 연습을 하는 선수들이 보였다.

그중 한 명이 성진성이었다.

성진성은 8강에서 도백필을 상대할 예정이었다. 빡센 상대인 만큼, 연습을 게을리할 수 없었다.

"민허 왔냐?"

"어. 아직 안 자고 있었네?"

"이 시간이면 한창 활동할 시간이지. 합방은 무사히 잘했고?"

"그렇지, 뭐."

성진성은 강민허를 향해 손을 내밀었다.

"줘."

"뭘?"

"사인 받아준다며."

"…아."

강민허는 이제야 기억을 해냈다.

성진성에게 셀리아의 사인을 받아주겠다고 한 약속을.

강민허의 반응을 보자마자 성진성은 그럴 줄 알았다며 한숨을 내쉬었다.

"하여튼 너란 녀석은 진짜……."

제23장
개인 리그 8강

3일 뒤.

드디어 로인 이스 온라인 개인 리그 8강 경기가 시작될 예정이었다.

장소는 대전.

지방으로는 하루 전에 내려가기로 합의를 봤다.

그전까지 강민허는 8강 상대로 만나게 된 MA3 팀의 남혁준을 어떻게 쓰러뜨릴지. 그 생각을 먼저 해야 했다.

남혁준은 팔라딘 유저다. 탱과 버프, 그리고 힐 스킬 등 다양한 스킬로 멀티 포지션을 담당하는 클래스가 바로 팔라딘이다.

로인 이스 온라인 사이에서는 귀족 직업이라 불리고 있기도 했다.

반면, 강민허가 다루고 있는 격투가 클래스는 천민이라 불린다.

귀족 VS 천민.

만렙 VS 쪼렙.

여러 가지 요소들이 서로 상반되고 있었다.

강민허는 ESA 소속 팔라딘 유저들과 대전 연습을 하면서 많은 고민을 했다.

가장 큰 문제는 바로 '딜이 안 들어간다'였다.

나선형 코치가 강민허에게 의견을 제시했다.

"공격력 스탯을 올리는 것으로 템 세팅을 몰빵하는 게 좋지 않을까?"

"글쎄요."

강민허는 부정적인 태도를 보였다.

나선형의 말에도 일리는 있었지만, 만약 남혁준이 일반적인 팔라딘이었다면 나선형이 제시한 방법을 시도해 볼 만도 했다.

남혁준의 팔라딘은 유독 방어력이 높다. 워낙 댕키하기 때문에 아무리 딜을 넣어도 HP가 닳지 않는다.

저항력도 높고, 물리 방어력도 높다.

대신, 공격력이 높진 않다. 그래서 남혁준 본인도 상대방을 때려눕히려고 하면 한참 걸린다.

그런데 왜 남혁준은 방어력에 올인을 했을까?

바로 타임 아웃을 노리기 위함이었다.

8강에는 무승부가 없다. 어떻게든 승부를 가려내야 한다. 그래서 HP룰이 적용된다.

타임 아웃이 되면, HP가 높은 사람이 승리를 하게 된다. 남혁준은 상대방에게 들어오라고 유도를 한 다음에 난타전으로 경기를 몰고 간다.

당연히 방어력이 높은 남혁준이 HP 상황은 유리하게 될 터.

이윽고 남혁준은 가드를 올린 다음에 단단히 벽을 친다.

그리고 경기가 끝날 때까지 끝까지 버틴다.

이게 남혁준의 작전이었다.

간단하면서도 가장 확실한 작전이다. 하지만 경기가 워낙 재미없게 흘러가기 때문에 남혁준은 안티 팬을 많이 가지고 있었다.

경기를 왜 그리 재미없게 하느냐.

.그러나 강민허는 생각이 달랐다.

이기기 위해서라면 수단과 방법을 가리지 않는 것이 프로

의 자세다. 물론 부정적인 행위가 들어간다면 그건 제재 대상
이다. 하나의 룰에 따르고, 규칙에서 어긋나지 않는 범위 내에
서 이기기 위해 최선의 수를 두는 건 프로게이머로서 당연한
일이라고 강민허는 생각한다.

인기와는 별개의 문제가 되겠지만 말이다.

강민허에게는 숙제가 있었다.

남혁준의 단단한 가드를 어떻게 뚫어내느냐.

이게 아직까지 마땅히 떠오르지가 않았다.

방법을 여러 차례 떠올렸지만, 하나같이 강민허의 초이스를
받지 못했다.

이유가 있었다.

확실하게 승기를 잡아 올 수 있는 수단이 아니어서였다.

"어렵네."

나선형 코치는 고개를 가로저었다.

하지만 그래도 강민허는 사정이 좀 나은 편이었다.

남혁준이 상대하기 까다로운 선수인 건 분명하지만, 도백필
정도는 아니었다.

지금 당장 발등에 불이 떨어진 건 성진성이다.

남혁준은 그래도 자신만의 확고한 플레이 스타일이 있다.
그러나 도백필은 그마저도 없다. 그래서 공략 방법을 마땅히
떠올릴 수가 없었다.

성진성이 내놓은 작전은 이거다.

최선을 다하자.

그래서 성진성은 밤잠을 설치면서까지 연습에 연습을 거듭했다.

물론 강민허도 마찬가지였다.

강민허도 소문난 연습 벌레긴 하지만, 이번만큼은 성진성의 연습량을 따라잡을 수 없었다.

"진성이 형은 좀 어때요?"

강민허는 기왕 나선형 코치와 이야기를 나누는 김에 성진성의 근황을 물었다.

그가 어떻게 지내고 있는지는 강민허도 잘 안다.

그러나 강민허가 듣고 싶은 건 성진성의 근황이 아니라 도백필을 상대로 한 필승 전략을 떠올렸는지, 안 떠올렸는지의 유무였다.

나선형은 어깨를 으쓱였다.

"그냥 연습만 거듭하고 있지, 뭐."

"그렇군요."

도백필은 다양한 캐릭터를 소화할 수 있다.

전사면 전사, 궁수면 궁수, 도적이면 도적, 그리고 남혁준처럼 팔라딘 캐릭터도 키웠다.

그야말로 만능이다.

캐릭터 선택 폭이 넓다는 것이 도백필의 크나큰 장점이다.

상대방이 무슨 캐릭터를 고를지. 이것은 경기에 들어가고 나서야 알아차릴 수 있다.

또 1라운드가 끝나면, 캐릭터 체인지가 가능해진다.

3판 2선승제. 2판만 이기면 된다.

그러나 도백필에게 두 판을 이긴다는 게 사실 정말 어려운 일이다. 도백필은 결코 쉬운 상대가 아니다. 성진성도 그걸 잘 알기에 노력하고 노력하는 중이었다.

캐릭터는 이미 정해져 있었다.

성진성이 오랫동안 다뤄왔던 한 손 검 전사.

도백필은 어느 캐릭터를 고를지 모른다. 어차피 변수를 둔답시고 손에 익지도 않은 다른 클래스를 해봤자 오히려 도백필전에서는 마이너스 요소로 작용할 것이다. 그래서 성진성은 해오던 걸 열심히 하기로 결정했다.

강민허도 마찬가지로 격투가 캐릭터, 라울을 고집했다.

나선형 코치가 강민허의 어깨를 주물러 줬다.

"ESA에서 오랜만에 개인 리그 우승자 배출해 보자. 그러니까 무조건 4강 올라가라."

"진성이 형은요?"

"진성이도 같이 올라가면 좋지. 노력은 하고 있는데… 솔직히 모르겠다. 냉정하게 따진다면 진성이는 많이 힘들다는 게 우리 코치진들 사이에서도 나오고 있는 이야기인데… 아마 진성이도 잘 알 거다. 그래도 희망은 버리지 말아야지. 노력이 있어야 비로소 승리라는 결과를 쟁취할 수 있는 법이니까."

나선형도, 허태균 감독도, 그리고 ESA 멤버들과 당사자인 성진성도 아직은 포기하지 않았다.

도백필을 꺾고 파란을 일으키면서 4강에 진출하면 된다!

도백필은 무적이 아니다. 신이 아닌 이상, 분명 빈틈은 존재할 것이다.

성진성이 그 빈틈을 발견하느냐 못 하느냐. 그리고 발견했을 때 빈틈을 절묘하게 찌르느냐 마느냐의 싸움이 될 것이다.

ESA 팀은 여러모로 힘든 경기를 준비할 수밖에 없었다.

*   *   *

대전으로 향하는 길.

허 감독을 비롯해 오진석 코치, 그리고 성진성과 강민허. 이렇게 네 남자가 대전으로 향했다.

나머지 팀원들은 숙소에서 TV를 통해 이들의 경기를 지켜보기로 했다.

경기는 내일 있을 예정이었다.

강민허와 성진성은 대전에서 머물면서 현지 적응 훈련에 돌입했다.

　PC방으로 향한 일행들.

　허 감독을 보자마자 기다렸다는 듯이 PC방 사장이 나와 그를 반겼다.

　"허태균! 이 짜식! 허구한 날 PC방만 다니다가 프로 팀 감독이 될 줄은 몰랐다, 야!"

　"하하하, 아저씨. 저도 제 나름의 앞가림은 한다고요. 아, 애들아. 인사드려라. 예전에 내가 신세졌던 분이다."

　"안녕하세요. 강민허입니다."

　"성진성이라고 합니다."

　두 프로게이머의 등장에 PC방을 이용 중이던 사람들은 크게 술렁이기 시작했다.

　특히나 강민허를 알아보는 이들이 많았다.

　"저 사람, 강민허 아니야?"

　"맞네! 대박!"

　"우와, 강민허가 우리 PC방에?!"

　하던 게임을 관두고 스마트폰을 꺼내면서 강민허의 모습을 담기 위해 촬영에 집중하는 모습을 보이기까지 했다.

　강민허는 게이머들 사이에서 폭발적인 인기를 누리고 있었다.

　허태균 감독이 강민허에게 작은 부탁을 했다.

"여기 사장님이 우리한테 연습 장소를 무료로 제공해 줬는데, 민허야. 네가 여기에 사인이라도 좀 남겨주면 안 되겠냐."

"가능하죠. 원하신다면 사진까지 찍어드릴게요."

강민허는 흔쾌히 허락했다.

성진성에게는 아쉬움이 많이 남을 만한 일이지만, 대다수는 강민허와 사진 찍기를 원했다.

강민허의 인지도는 ESA 선수들 중에서 단연 최고였다.

게다가 개인 방송까지 하고 있는 터라 로인 이스 온라인에 조금이라도 관심이 있는 사람이라면 강민허를 모를 리 없었다.

갑자기 예정에 없던 강민허의 팬 사인회가 열리게 되었다.

*   *   *

갑작스럽게 팬 사인회를 마치고 다시 연습에 돌입하게 된 강민허와 성진성.

내일 경기는 오후 5시부터 열릴 예정이었다.

경기 시작이 5시일뿐, 이들은 미리 가서 준비를 마쳐야 한다.

적어도 경기 시작 3시간 전에는 도착을 하고 있어야 한다.

특설 경기장 좌석은 이미 전부 매진이 되었다고 들었다.

잠시 쉬는 사이. 성진성은 음료수를 마시면서 한숨을 푹 내쉬었다.

"드디어 내일이구나. 내일이면 나는 웃고 있을까, 울고 있을까."

"진성이 형. 경기에서 졌다고 울 생각이야?"

"왜? 울면 안 되냐? 미친 듯이 준비했는데, 그 노력이 한순간에 물거품이 되어버리면 눈물 날 수도 있지. 안 그러냐."

"뭐… 그건 맞는 말이긴 하지만."

오랜만에 공감되는 말을 하는 성진성이었다.

노력이 배신당했을 때 느껴지는 그 아픔. 고통이 뭔지 강민허도 잘 안다.

그가 트라이얼 파이트 7 세계 챔피언의 자리에 오르기 전에 강민허는 많은 실패를 거듭했었다.

그저 알려지지 않았을 뿐.

강민허도 인간이다. 지금의 강민허를 만든 건 남몰래 연습을 반복하고 반복한 덕분이었다.

물론 재능도 한몫했다.

그러나 재능 하나만으로 커버되는 간단한 세계가 아니다.

재능과 노력을 겸비한 자만이 탑을 노릴 수 있다.

도백필도 그와 같을 것이다.

성진성은 강민허에게 물었다.

"남혁준 선수 공략할 방법, 아직도 못 찾았냐?"

"어. 마땅히 안 떠오르네."

"그러다가 너, 탈락하면 어떻게 하냐. 너라도 올라가야지."

"에이. 무슨 말이야, 형. 다 같이 올라가야지. 안 그래?"

"짜식, 말은 잘해."

성진성도 성진성이지만, 강민허도 고민이 많았다.

남혁준의 방패를 뚫을 작전을 구상해야 한다.

경기가 하루 남았음에도 불구하고 강민허는 아직 마음에 드는 작전을 떠올리지 못했다.

그나마 가장 승산이 있을 법한 작전을 하나 떠올리긴 했다.

하지만 왠지 강민허는 남혁준에겐 그 작전이 안 통할 것 같은 기분이 들었다.

실제로 강민허와 비슷한 작전을 짰던 프로게이머가 있었다. 그때 당시에는 남혁준에게서 승리를 쟁취할 수 있었지만, 한 번 당했던 것을 다시 한번 당해줄 남혁준이 아니다. 그에 대비한 방책도 분명 짰을 것이다.

강민허는 의자에 몸을 묻었다.

한숨을 내쉬는 그의 모습에 성진성이 별일이라는 식으로 반응했다.

"네가 이렇게까지 고민하는 거, 정말 오랜만에 본다."

"그래?"

"근데 너도 참 골치 아프겠다. 그런 상대를 만났으니… 차라리 한 방에 보내 버릴 만한 그런 수단이 있으면 참 좋을 텐데."

"한 방에 어떻게 보내. 방어력도, 저항력도 거의 최대치에 가까운 사람인데."

"그렇지. 불가능하지."

어깨를 으쓱이는 성진성.

그러나.

"…가만."

강민허의 머릿속이 번뜩였다.

"그래. 맞아. 한 방에 보내 버리면 되잖아."

"야. 농담한 거 가지고 뭘 그렇게 심각하게 고민해."

"아니야, 형. 땡큐. 잘하면 이거, 가능할 거 같아."

"가능하다고? 한 방에 보내는 거?"

"어."

강민허의 손놀림이 빨라졌다.

남혁준의 방어를 무용지물로 만들어 버릴 작전이 떠올랐다.

강민허는 곧바로 오진석 코치를 찾았다.

"코치님."

"어, 왜?"

"1경기 끝나고 템 세팅 바꿀 수 있죠?"

"바꿀 수야 있지. 캐릭터도 바꿀 수 있는데."

"규정에 문제는 없죠?"

"어. 근데 왜 자꾸 묻냐? 불안하게."

오진석 코치는 강민허가 이런 말을 할 때마다 모종의 불안 감을 느낀다.

또 이 녀석이 무슨 사고를 치는 건 아닐까.

그러나 동시에 기대감도 든다.

강민허가 일으키는 사고는 부정적인 의미를 담은 사고가 아니기 때문이었다.

또 뭔가를 떠올렸다.

필승의 전략을!

8강 경기는 3판 2선승제다. 필살기성 전략을 두 번 사용할 수는 없다.

강민허는 사실 필살기성 전략을 이미 한 개 마련해 뒀다. 그럼에도 불구하고 강민허가 여태껏 머리를 싸매고 고민을 했던 것은 같은 전략이 두 번은 안 통할 거라는 사실을 잘 알기에 또 하나의 전략을 더 준비해야 한다는 필요성 때문이었다.

두 번째 전략의 부재가 강민허를 계속해서 옭아맸다.

그러나 지금 이 순간. 강민허는 떠올렸다.

"남혁준 선수를 쓰러뜨릴 방법이 생각났어요."

"뭐? 진짜?!"

"네. 근데 이건 모 아니면 도예요. 만약 두 가지 전략 중 한 가지라도 먹히지 않는다면, 저의 패배예요."

"넌 어째 경기를 할 때마다 매번 같은 패턴인 거 같다? 외줄타기 좀 그만하면 안 되겠냐. 코치 입장으로서 심장 떨어질 뻔한 순간이 몇 번이나 있었는데. 아직도 남았어?"

"그래도 여태까지 결과는 좋았잖아요."

"그렇긴 하지만……."

"걱정하지 마세요, 코치님. 오랜만에 ESA에서 개인 리그 4강 진출자 나왔다는 기쁜 소식, 코치님하고 감독님한테 선물할 테니까요."

강민허가 이렇게까지 말했다.

여태껏 강민허는 숱한 위기를 뛰어난 재능으로 극복해 왔다.

오진석 코치는 지금 이 순간, 강민허를 믿을 수밖에 없었다.

"어떤 전략이냐?"

"실은 말이죠……."

강민허는 오진석 코치에게 전략을 공유했다.

오진석 코치의 표정이 일그러셨다.

"이런 미친. 진짜로 그걸 하려고?!"

"네, 물론이죠."

"하, 골 때리네, 정말."

뭔가 괜찮은 전략일 줄 알았건만. 말도 안 되는 전략을 들고 나온 강민허였다.

"솔직하게 말하마. 코치 입장에서 그 전략은 동의할 수 없어."

"방법이 이것밖에 없는데도요? 그리고 아까 코치님, 절 믿는다고 하셨잖아요."

"그건 네 두 번째 작전을 듣기 전의 이야기고. 다른 방법이 있을 거 아니야. 찾아보면 분명 나올 거야."

"하지만 시간이 없어요. 경기는 바로 내일이잖아요."

"……."

"절 믿으세요, 코치님."

오진석 코치는 머릿속이 복잡해졌다.

일단 허태균 감독을 불러오기로 했다.

"감독님한테도 그 전략, 한번 들려줘 봐라."

"알았어요."

마침 불려온 허태균 감독은 분위기가 심상치 않음을 바로 눈치챘다.

"뭐야. 문제라도 있어?"

"감독님, 글쎄 들어보세요. 강민허, 이 녀석. 완전 정신 나갔어요!"

"뭔데, 그래?"

강민허는 허태균 감독에게 두 번째 전략을 소개했다.

"……"

허태균 감독은 한동안 말을 잇지 못했다.

그가 이런 반응을 보이는지 오진석 코치는 잘 알고 있었다.

"제 말이 맞죠, 감독님?"

"맞긴 한데… 그래도 나쁘진 않네."

"감독님. 진심으로 하시는 말이에요?!"

"왜? 난 오히려 재미있어 보이는구만."

"재미만 추구하다가 중요한 경기 날려먹으면 어쩌려고요?!"

"도백필 선수처럼 항상 100퍼센트에 육박하는 전략만 추구할 수는 없어. 확률이 낮다 하더라도 거기에 승부를 걸어보는 게 바로 승부사들이 해야 할 일 아니냐. 이길 수만 있다면, 제아무리 가능성이 적어도 거기에 모든 것을 거는 것도 때로는 나쁘지 않아."

"하아… 감독님마저……"

"난 마음에 든다. 민허야, 그 전략으로 가자."

강민허는 고개를 힘차게 끄덕였다.

허태균 감독이라면 강민허의 작전을 오케이할 줄 알았다.

드디어 내일이다.

그의 전략이 경기로 입증될 것이다.

                    *   *   *

대전 특설 경기장으로 향하는 선수들.

8강에 진출한 타 프로게이머들도 이미 대기실에서 자리를
잡고 있는 상태였다.

그중에는 성진성과 오늘 맞붙게 될 상대방이자 동시에 강민
허의 라이벌, 도백필도 있었다.

강민허와 성진성이 나란히 등장하자, 도백필이 먼저 나서서
두 사람에게 인사를 건넸다.

"안녕하세요. 도백필이라고 합니다."

프로게이머의 정점에 올랐다고 알려져 있는 사람이 먼저
악수를 청하니, 성진성은 당황할 수밖에 없었다.

게다가 성진성과 도백필은 4강 자리를 두고 대결을 펼칠 경
쟁자다. 그런 사람에게도 친절히 대하는 도백필의 예의 바름
이란…….

아니, 여유를 부리는 것일지도 모른다.

성진성은 도백필의 손을 마주 잡아줬다.

"성진성이라고 합니다. 오늘 좋은 경기 펼쳐봐요."

"물론이죠."

고개를 끄덕여 준 도백필.

그의 손이 이번에는 강민허에게 향했다.

"오랜만입니다, 강민허 선수."

"그러게요. 정말 간만에 보는 거 같네요."

"요즘 승승장구하고 계시던데요. 역시 제 라이벌답습니다."

도백필이 먼저 강민허를 상대로 '라이벌'이라는 사용했다.

강민허를 정식으로 라이벌로 인정한다는 뜻이 되기도 했
다.

도백필에게 라이벌이라 불릴 만한 상대는 여태껏 없었다.

이유는 매우 간단했다.

도백필과 실력을 견줄 만한 사람이 단 한 명도 없었기 때문
이었다. 압도적인 실력 차이 덕분에 도백필은 계속해서 로인
이스 온라인의 정점 자리에 군림해 있었다.

그리고 그의 앞에 강민허가 나타났다.

강민허 역시 여태까지 단 한 차례도 지지 않은 채 앞만 보
며 달려왔다.

도백필과 같은 궤도를 달리고 있었다.

둘 중에 누가 먼저 상대방에게 패배를 안겨줄 것인가.

이것도 백미 중 하나다.

그러기 위해서 적어도 두 사람은 경기에서 맞붙어야 한다.

강민허와 도백필이 경기에서 만날 수 있는 경우의 수는 딱

한 가지뿐.

결승이다.

서로 다른 조에 소속되어 있었기에 두 사람이 만나려면 어떻게든 결승까지 올라가야 한다.

"결승에서 보도록 하죠, 강민허 선수."

"우선 진성이 형을 먼저 꺾어야 할 겁니다."

"오, 그랬었죠. 잊고 있었네요."

도백필의 이 말이 성진성의 부아를 더욱 치밀어 오르게 만들었다.

한마디로 성진성은 안중에도 없었다는 뜻 아닌가.

그러나 성진성은 최대한 평정심을 유지했다.

어쩌면 도백필의 태도는 당연한 것일지도 모른다.

강민허는 둘째 치더라도, 성진성은 이전까지만 하더라도 2군에서 활약해 왔던 인지도 없는 선수에 불과했다.

처음으로 개인 리그 본선 무대를 밟았으며, 8강까지 올라온 것도 이번이 처음이다.

그러니 도백필이 성진성의 존재를 모를 만도 했다.

도백필은 먼저 대기실을 나섰다.

"인터뷰 요청이 들어와서요. 죄송하지만, 자리 좀 비우겠습니다."

대기실을 나선 도백필.

동시에 성진성은 짧게 혀를 찼다.

"도백필 선수는 이미 나는 보이지도 않는 모양인가 본데?"

"그게 더 좋을지도 몰라."

"좋다고? 어째서?"

"방심을 유도할 수 있으니까. 방심이라는 건 상대방을 얕잡아 보고 있을 때 나오는 거야. 지금 도백필 선수가 딱 그런 상태지. 이럴 때 형이 죽창 한 방 꽂아주면 되잖아. 안 그래?"

"죽창이라……."

죽창 앞에선 만인이 평등하다.

설령 도백필이라 하더라도 말이다.

제대로 도백필에게 고춧가루 뿌리고, 자신은 4강으로 올라가면 된다.

경기로 말하면 된다. 프로게이머 아닌가.

"좋았어. 이미지 트레이닝이나 하고 있어야겠다."

"나도."

강민허도 지금은 성진성을 케어해 줄 시간이 없었다.

성진성보다 강민허가 먼저 경기에 들어간다.

강민허는 준비한 두 가지 전략을 머릿속에서 시뮬레이션으로 끊임없이 반복하고 반복했다.

그때였다.

대기실 문이 열렸다.

안경을 착용한 남자, 남혁준.

그가 강민허에게 다가갔다.

"강민허 선수죠? MA3의 남혁준입니다. 오늘 경기, 잘 부탁 드려요."

"저야말로요."

그 이상의 대화는 나누지 않았다.

두 사람은 서로 4강 자리를 두고 겨루게 될 경쟁 관계다. 경쟁자와 오래 말을 섞어봤자 도움 되는 거 하나 없다.

강민허는 슬쩍 남혁준 쪽을 바라봤다.

생긴 건 평범하게 생겼다.

PC방 좀 자주 다녔을 것 같은 청년 백수의 포스를 자아냈다.

그러나 평범하게 생겼어도 플레이 스타일 자체는 단단하기 그지없다.

남혁준 덕분에 강민허는 몇 날 며칠 작전 구상에 심혈을 기울여야 했다.

경기가 시작되기까지 2시간가량이 남았다.

마냥 대기실에서 계속 대기만 하기에는 심심했다.

강민허는 도중에 자리에서 일어섰다.

"형, 나 근처 좀 돌아보고 올게."

"근처?"

"특설 경기장 한번 돌아보려고. 촬영도 할 겸."

"개인 방송 하려고?"

"어. 잠깐만 틀어보게."

"괜찮으려나? 혹시 모르니까 현장 감독님한테 물어봐. 촬영해도 되냐고."

"이미 허가는 받아뒀어."

"아, 그래? 그럼 잘 갔다 와. 나는 여기 있을란다."

강민허는 바깥 공기나 마시면서 생각을 정리하기로 했다.

스마트폰을 이용해서 개인 방송을 틀었다.

틀자마자 순식간에 2만 명 가까운 사람들이 몰려들었다.

대다수는 '곧 경기인데 방송은 왜 틀었냐'라는 반응을 보였다.

"경기 시작하기 전에 여러분들에게 이곳 현장을 간단하게 보여 드리고 싶어서요."

아직 관객들은 입장하지 않았다.

텅 빈 경기장.

셀카봉을 이용해 스마트폰을 고정시켜 두고 경기장 이곳저곳을 돌아다니기 시작했다.

대전 특설 경기장의 규모는 상당했다.

콘서트장을 연상케 만들 정도였다.

결승 경기는 이것보다 더 큰 규모로 진행된다. 프로 리그를 통해서 이미 결승 무대를 한번 밟아본 적이 있는 강민허. 그러나 아직까지 개인 리그 결승 무대에 올랐던 적은 없었다.

그래서일까. 더 기대감이 컸다.

셀카봉을 들고 현장에서 한창 일하고 있는 스태프들의 모습을 촬영했다.

그중에 낯익은 여자가 시야에 포착되었다.

타이트한 붉은 원피스를 입은 여성.

강민허가 잘 아는 여자였다.

"화영 씨."

목소리를 높여 이화영의 이름을 부르는 강민허.

이화영은 고개를 돌려 강민허가 있는 곳을 바라봤다.

셀카봉을 들고 있는 모습을 보자마자 이화영은 강민허에게 다가가 물었다.

"개인 방송 중이에요?"

"네."

한편, 이화영의 등장에 채팅창은 난리가 났다.

e스포츠계의 여신이라 불리는 이화영.

스마트폰 촬영에도 그녀의 미모는 여전히 빛을 뿜내고 있었다.

이화영은 스마트폰을 향해 오른손을 가볍게 흔들어줬다.

"안녕하세요, 아나운서 이화영이에요. 오늘 8강 경기, 많이 들 봐주세요!"

이화영의 애교 섞인 부탁에 사람들은 본방 사수를 외치면서 격렬하게 옹호했다.

강민허의 개인 방송에 이화영이 나오는 건 처음이었다.

이화영 개인적인 마음으로는 강민허를 응원할 거라고 말하고 싶었지만, 차마 그럴 순 없었다.

승자 인터뷰라든지 리포터로 활약을 해야 할 이화영인데, 너무 한 선수만 애심을 드러내면 훗날 문제가 생길 수 있다.

그래서 일부러 말을 아끼기로 했다.

이화영과 만나게 된 강민허는 다시 스마트폰을 들고 시청자들에게 작별 인사를 건넸다.

"경기장은 다 보여줬으니까 이제 슬슬 방송 종료할게요. 조금 이따가 펼쳐질 8강 경기, 많은 응원 부탁드리겠습니다."

시청자들도 강민허를 응원하겠다는 약속을 해왔다.

방송을 마무리한 뒤.

강민허는 셀카봉과 스마트폰을 정리했다. 그 사이, 이화영은 강민허에게 말을 붙였다.

"방송인 다 됐네."

"그런가?"

자연스럽게 말을 놓는 두 사람.

근래에 들어서 자주 붙어 다니는 경우가 많아지다 보니 서로 말도 놓는 친근한 관계까지 발전했다.

"야외 방송 같은 것도 하고. 그거, 아무나 못 하는 건데. 설정이나 이런 거, 어렵지 않아?"

"다른 사람한테 배웠거든."

"셀리아라는 사람한테서?"

"어떻게 알았어?"

"저번에 합동 방송 하는 거, 나도 봤어."

"아, 그래?"

의외였다.

이화영은 개인 방송 같은 거, 취미 없을 줄 알았는데. 그래서 강민허는 굳이 그녀에게 셀리아와 합방을 추진하게 되었다는 이야기를 하지 않았다.

그러나 이화영은 누구보다도 개인 방송에 많은 관심을 가지고 있었다.

본인이 개인 방송에 욕심이 있어서가 아니었다.

"나도 방송인이잖아. 요즘 1인 크리에이터가 떠오르고 있는데, 한창 떠오르는 콘텐츠에 관심을 가지고 있어야지. 원래 이 바닥은 변화에 능통한 자만이 살아남는 법이니까."

이화영의 말이 옳다.

요즘은 연예인들도 1인 크리에이터 시장에 뛰어들고 있는 추세다. 프로게이머의 경우에는 1인 크리에이터 시장과 상당히 겹치는 부분이 많기 때문에 그쪽으로 전향하는 선수들이 많이 있는 편이다.

프로게이머를 넘어 연예인들도 1인 크리에이터로 전향하는 사람들이 부쩍 늘어났다. 이화영은 아직까진 1인 크리에이터를 할 생각은 없었지만, 그래도 시장 변화 추이는 항상 지켜보고 있었다.

"셀리아 씨랑 방송하니까 좋아 보이더라."

이화영은 눈을 흘기면서 강민허를 바라봤다.

약간의 질투심도 어려 있는 거 같았다.

그러나 강민허는 거기까진 눈치채지 못했다.

"좋긴 했지. 내가 몰랐던 것들을 친절하게 다 알려주고 그랬으니까."

"흐음… 그랬구나. 혹시 이성적으로 관심이 있어서 그런 게 아니라?"

"갑자기 그 이야기가 왜 나오는지 모르겠지만, 그런 건 아니야. 정말 순수하게 방송에 대해 배우고 싶어서 합방을 한 것뿐이야."

"그렇다면 다행이긴 한데……."

뭐가 다행이라는 건지 강민허는 묻고 싶었다.

그러나 도중에 스태프가 이화영을 부르는 소리가 들렸다.

"화영 씨! 리허설해 볼 테니까 잠깐 무대 위로 올라와 주실

래요?"

"네! 금방 갈게요! 나 먼저 가볼게. 오늘 경기 힘내고!"

"땡큐."

이화영은 빠른 걸음으로 무대를 향해 나아갔다.

그녀는 승자 인터뷰와 동시에 경기에 들어가기 전에 관람을 온 관중과 인터뷰를 진행해야 하고, 그리고 중간중간 브레이크 타임마다 업계 관계자와 토크를 주고받는 코너까지 도맡기로 했다.

중계진, 프로게이머 선수들 못지않게 그녀 역시 오늘은 엄청나게 바쁜 일정을 소화해야 했다.

벌써부터 바깥에는 8강 경기를 보기 위해 경기장을 찾은 관중들로 인산인해를 이루고 있었다.

잠시 경기장 바깥을 나가볼까 했던 강민허는 사람들이 너무 많다는 것을 확인하자마자 다시 경기장 안으로 들어왔다.

괜히 그가 얼굴 한번 내비쳤다가 엄청난 혼란이 야기되기라도 하면 큰일이지 않은가.

"얌전히 대기실로 돌아가 볼까."

이제 경기 시작 시간까지 얼마 남지 않았다.

그사이에 강민허는 최대한 마음을 추스르며 8강 경기에 임할 준비를 갖추기로 했다.

관중들이 경기장에 입장하기 시작했다.

그중에는 1인 크리에이터로 유명세를 떨치고 있는 미모의 여성, 셀리아도 포함되어 있었다.

셀리아는 혼자 오지 않았다. 그녀와 친분이 있는 몇몇 지인들과 함께 이곳 대전 특설 경기장을 찾았다.

자리에 앉자마자 셀리아는 강민허를 응원하는 팻말을 꺼내 들었다.

셀리아 본인이 직접 그린 강민허의 팬 아트까지 새겨져 있었다.

관중들 입장이 전부 끝난 뒤.

드디어 방송이 시작되었다.

민영전의 등장과 함께 관중들의 엄청난 함성이 시작되었다.

스타 캐스터, 민영전이 경기장을 찾은 이들에게 감사의 말을 전했다.

"대전까지 찾아와 주신 게임 팬 여러분의 성원에 정말 감사드립니다. 여러분들이 있기에 e스포츠가 있습니다. 그리고 여러분들의 사랑이 있기에 e스포츠가 무럭무럭 자랄 수 있습니다. 다시 한번 뜨거운 성원에 감사드립니다!"

호응을 유도하는 건 민영전 캐스터가 단연 최고였다.

현장이 어느 정도 정리되었다 싶을 때.

카메라가 넘어가 이화영을 비췄다.

이화영은 현재 관중석에 나와 있는 상태였다.

경기가 시작되기 전에 관중과 함께 사전 인터뷰를 진행할 예정이었다.

"저기에 유독 눈에 확 띄는 팻말을 들고 응원하는 분이 계시네요."

이화영이 가리킨 인물은 바로 금발의 미인, 셀리아였다.

카메라가 셀리아를 비추자, 사람들이 크게 웅성이기 시작했다.

셀리아를 아는 이들은 특히나 소란스러움이 더했다.

셀리아가 여기에?! 대부분은 이런 반응을 보였다.

셀리아는 강민허를 응원하기 위해 대전으로 갈 거라는 말을 방송에서 이미 몇 차례 했었다. 그러나 말을 한 시간이 워낙 짧았고, 그냥 여담으로 흘려 말하기 식으로 이야기를 했었기에 모르는 사람들이 어쩌면 더 많았을지도 모른다.

본의 아니게 이화영은 셀리아와 마주하게 되었다.

셀리아가 경기장에 올 거라는 사실을 그녀는 전혀 몰랐다.

"안녕하세요. 여긴 어떻게 오시게 되었나요?"

이화영은 처음 꺼낸 말을 영어로 소화했다.

셀리아가 외국인처럼 생겨서였다.

그러나 셀리아는 대답을 영어가 아닌 한국말로 했다.

"강민허 선수 응원하러 여기까지 오게 되었어요."

"아, 강민허 선수 응원하러 오셨군요."

"네!"

이화영도 도중에 영어가 아닌 한국말로 바로 바꿨다.

사실 팻말을 보자마자 강민허를 응원하러 왔다는 사실을 바로 알 수 있었다. 그냥 혹시나 해서 다시 물어본 것에 불과하다.

"강민허 선수를 응원하게 된 계기가 있나요?"

"사실 다른 분들이 아실지 모르겠지만… 얼마 전에 강민허 선수한테 로인 이스 온라인 강의를 받은 적이 있었거든요."

합방에 관한 내용이었다.

다른 방송분은 몰라도 합방 내용은 이화영도 똑똑히 기억한다.

"아, PvP하고 PVE 콤보 알려줬었죠? 강민허 선수가요."

"어머, 잘 아시네요."

"저도 그 방송 봤었거든요."

이화영은 빙그레 미소를 지었다.

영업용 스마일. 딱 그런 느낌이었다.

내가 웃는 게 웃는 게 아니야라는 모 노래 가사가 떠오를 정도였다.

"강민허 선수에게 응원의 메시지를 보내는 것으로 인터뷰를 마무리 지을게요."

"네. 강민허 선수! 오늘, 반드시 이기세요! 제 스승님! 언제나 응원할게요!"

같은 개인 방송인에서 어느 순간 강민허는 셀리아의 스승님으로 지위가 격상하게 되었다.

인터뷰를 마친 이화영은 이후에 두 명의 관중과 더 인터뷰를 진행했다.

그 후.

화면은 다시 중계진이 있는 곳으로 향했다.

*　　　*　　　*

대기실에서 준비를 서두르는 선수들.

첫 경기는 강민허와 남혁준의 경기로 꾸며질 예정이었다.

"진성이 형, 나 먼저 갔다 올게."

"그래. 힘내라!"

"형도."

성진성과 도백필은 가장 마지막에 펼쳐진다.

첫 스타트를 끊게 된 강민허는 부스로 향하기 전에 남혁준에게 먼저 악수를 청했다.

"서로 좋은 경기 해보죠."

"예. 잘 부탁드리겠습니다."

남혁준이란 선수는 그래도 인성은 좋아 보였다. 강민허의 악수 요청에도 불편함을 드러내거나 하지 않았다.

부스로 향하는 길.

올라가는 계단에 미리 대기하고 있던 허태균 감독과 오진석 코치가 강민허를 반겼다.

"어서 와라."

"장비 세팅부터 바로 시작하자, 민허야."

"예."

강민허는 오진석 코치와 함께 장비 세팅에 심혈을 기울이기 시작했다.

경기의 생명은 장비 세팅이다. 아무리 실력이 좋은 선수라 하더라도 장비 세팅이 제대로 되어 있지 않으면, 그 경기를 망쳐 버릴 수도 있다.

제아무리 도백필이라 하더라도 렉이 주기적으로 걸리는 환경에서 승리를 따내기란 여간 쉬운 게 아니다.

주최측 인력과 함께 장비 세팅에 열중하는 와중에 허태균 감독은 강민허의 멘탈을 케어했다.

"경기 들어갈 때마다 늘 말하는 거지만, 부담 느끼지 말고 경기를 즐긴다는 마음가짐으로 플레이해. 괜히 바짝 긴장하면 네가 평소 보여주던 플레이도 잘 안 나오고 그럴 테니까. 어디까지나 멘탈 싸움이 가장 중요하다. 상대방과의 멘탈 싸움이 아니라 나 자신과의 멘탈 싸움에서 이길 수 있도록 해. 명심해라. 알겠지?"

"예, 감독님."

"그리고 이번에 4강 진출하면, 내가 거하게 쏘마."

"오, 나쁘지 않네요. 소고기죠?"

"당연하지!"

허태균 감독은 강민허의 등을 가볍게 찰싹 때렸다.

강민허는 싱긋 미소를 지었다.

"소고기 먹기 위해서라도 최선을 다해야겠네요."

"질리도록 사줄 테니까 올라가라."

"당연하죠. 걱정하지 마세요, 감독님. 이번에 스폰서 만나러 갈 때, 감독님 어깨 펴고 갈 수 있게끔 해드릴게요."

강민허가 하는 말 한마디, 한마디가 전부 든든했다.

그러면 왠지 정말로 기적을 만들어낼 수 있을 것만 같았다.

장비 세팅을 끝낸 뒤.

강민허는 부스에 혼자 남아 생각을 정리했다.

이후, 민영전 캐스터의 경기 시작을 알리는 멘트가 특설 경기장 내에 울려 퍼졌다.

"지금부터 8강 첫 번째 경기! 강민허 대 남혁준! 남혁준 대 강민허의 경기를 시작하겠습니다!"

엄청난 함성 소리.

부스 외벽이 진동할 정도였다.

강민허는 마우스와 키보드 위에 손을 올렸다.

드디어 8강 첫 경기가 시작된다.

＊　　　＊　　　＊

경기에 들어가자마자 남혁준의 팔라딘은 방패를 세우고 가드를 단단하게 굳혔다.

우선 상대방이 어떻게 나올지 파악하기로 했다.

반면, 강민허의 라울은 초장부터 빠르게 남혁준에게 달려들었다.

정권 지르기, 라이트닝 어퍼 등.

주로 공격력이 빠른 것들을 위주로 스킬을 난사했다.

그러나 남혁준의 HP는 멀쩡했다.

0.1%까였다. 거의 타격이 없다고 봐도 무방했다.

강민허는 혀를 찼다.

"가드가 단단하다는 건 알고 있었지만, 이렇게까지 단단할 줄은 몰랐는걸."

그렇다고 공격력이 약한 것도 아니었다.

상대가 방패만 들어 올리고 계속 방어 자세만 취하고 있다고 마음 놓고 덤벼들었다가 역공을 당할지도 모른다.

실제로 남혁준은 그런 패턴을 공식 경기에서 보여준 적도 있었다.

팔라딘은 한 방, 한 방이 묵직하다. 공격 한 번 허용한 순간, HP의 3분의 1이 날아갈지도 모른다.

특히나 강민허처럼 HP가 약한 장비 세팅이라면 더더욱 남혁준의 한 방 공격에 주의를 하며 움직여야 한다.

강민허는 우선 첫 번째 작전을 꺼내 들기로 했다.

주변을 뱅뱅 돌기 시작하는 강민허.

남혁준은 강민허가 방패가 아닌 자신의 캐릭터를 직접 타격하기 위해 빈틈을 찾으려는 움직임으로 보였다.

그러나 그게 아니었다.

퍼억!

뒤를 때릴 수 있었음에도 불구하고 강민허는 일부러 방패를 가격했다.

'뭐지?'

남혁준은 그의 행동에 위화감을 느꼈다.

남혁준의 팔라딘이 선보이는 가드 스킬은 360도 전 방향을 가드할 수 있는 게 아니다.

전방 가드. 180도까지밖에 방어를 할 수 없다.

그건 강민허도 잘 알고 있을 터.

그래서 남혁준은 강민허가 필히 이동속도를 높여서 후방을 공격하는 걸 노릴 거라고 생각을 했었다.

물론 남혁준은 그렇다 하더라도 쉽게 당해줄 생각이 없었다.

후방 공격을 노리는 적들은 지금까지 무수히 많이 상대를 해왔다.

방향만 틀기만 하면 된다. 그러면 전방 가드 사정 범위 내에 들어온다.

남혁준은 이 연습을 수도 없이 반복했다. 그래서 상대방이 설령 후방을 노린다고 한들, 남혁준은 다 가드할 자신이 있었다.

그럼에도 강민허는 계속해서 후방 공격이 아닌 전방 가드에 공격을 퍼부었다.

강민허의 공격은 방패에 계속 가로막혔다.

'이상한데?'

처음에는 남혁준이 가드를 잘해서 강민허의 공격을 막은 줄 알았다. 그러나 시간이 지날수록 남혁준은 알 수 없는 위화감을 계속 느꼈다.

그리고 그 위화감의 정체를 깨닫게 된 것은, 꽤 시간이 지난 후였다.

강민허가 일부러 방패만 때리고 있다는 사실을 알아차린 남혁준.

왜 이런 공격 패턴을 반복하는지. 강민허의 진의를 파악하지 못했다는 게 가장 큰 문제였다.

'그냥 게임을 포기하려는 건가?'

그런 생각이 들 무렵.

다시금 강민허의 공격이 방패를 가격했다.

터엉!

일반 방패도 아니고 대형 방패다. 아무리 강민허가 죽어라 방패를 때려도 남혁준의 HP에 피해를 입히는 건 불가능해 보였다.

그럼에도 강민허는 계속 때리고, 때리고, 또 때리고를 반복했다.

그것도 방패만 죽어라 때려댔다.

'이상해.'

점점 강민허의 행동이 수상하게 느껴졌다.

경기가 시작된 지 5분이 지났다.

그때까지만 하더라도 똑같은 경기 흐름이 계속 반복되었다.

중계진들도 이상하게 여겼다.

"아니, 강민허 선수! 왜 계속 방패만 때리는 걸까요? 후방을 노리면 좀 더 쉽게 남혁준 선수에게 유효타를 먹일 수 있는데 말이죠!"

민영전 캐스터가 의아함을 드러냈다.

그러나 하태영, 서이우 해설 위원은 자못 심각한 표정으로 모니터를 응시했다.

"설마……."

말끝을 흐리는 하태영 해설 위원. 뒤를 이어 서이우 해설 위원이 자신의 생각을 조심스럽게 드러냈다.

"아직 확인된 건 아니지만… 어쩌면 강민허 선수는 일부러 방패만 때리는 전략을 들고 나온 것일지도 모르겠군요."

"방패만 때리는 전략? 그런 게 있습니까?"

다시 한번 민영전 캐스터가 되물었다.

그게 무슨 전략이란 말인가.

이번에는 서이우 해설 위원 대신에 하태영 해설 위원이 말을 이어갔다.

"내구도 때문인 거 같습니다."

"내구도요?"

"잠시 남혁준 선수의 개인 화면으로 돌려주실 수 있습니까?"

옵저버가 하태영 해설 위원의 요청에 따라 화면을 남혁준 선수의 개인 화면으로 돌렸다.

그러자 관중들의 웅성거리는 소리가 커졌다.

남혁준의 표정도 급격하게 어두워졌다.

하태영 해설 위원은 이럴 줄 알았다는 듯이 말했다.

"제 추측이 맞았네요. 강민허 선수. 남혁준 선수의 방패 내구도를 떨어뜨려서 가드 스킬을 못 쓰게 만들 생각입니다!"

*　　*　　*

하태영 해설 위원의 설명은 정확했다.

강민허는 애초에 가드를 뚫고 남혁준에게 유효타를 먹일 작전 따위는 구상하지도 않았다.

발상의 전환을 해보기로 했다.

남혁준의 주력은 주 무기인 워해머가 아니다.

바로 방패다.

전방 가드로 상대방의 스킬 쿨을 전부 다 뺐다가 역습의 기회를 노리는 패턴이 바로 남혁준만의 필승 전략이다.

이 전략을 실행하려면 방패라는 중요한 장비가 필수였다.

강민허는 이 방패를 무력화시키기 위해 한 가지 방법을 시도했다.

방패 내구도를 깎는 일.

그래서 강민허는 아까부터 계속해서 타깃을 방패로 잡고 때리고, 때리고… 또 때린 것이다.

방패 내구도는 무한이 아니다.

계속 때리다 보면, 어느새 내구도 수치는 바닥을 찍게 될 것이다.

강민허의 전략은 제대로 먹혀들어 갔다.

"빌어먹을!"

남혁준의 입에서 욕지거리가 나왔다.

설마 캐릭터가 아닌 방패를 무력화시키는 작전을 들고 올줄은 미처 생각을 못했다.

허를 찌르는 전략의 달인, 강민허.

남혁준은 상대가 강민허라는 사실을 잠시 잊고 있었다.

내구도가 달면 수리를 하면 그만이다.

내구도 수리 키트가 있긴 하다. 그러나 수리 키트는 PvP에서 사용할 수 없다.

대신, 스킬 중에서 내구도 긴급 수리 스킬이 붙어 있었지만, 문제가 있었다.

'만약 내가 스킬을 사용하게 되면 강민허, 저 사람은 분명히 나를 공격하려고 들 거야!'

내구도 수리 스킬은 캐스팅 과정이 굉장히 길다.

자그마치 5초나 걸린다. 그동안 남혁준은 무방비 상태가 된다.

5초. 경기를 끝내기에는 충분한 시간이다.

설령 끝내지 못한다 하더라도 막대한 대미지를 가하기에는 충분하다. HP 손실을 많이 입게 되면 남혁준에게 굉장히 불리해진다.

이유가 있었다.

남혁준이 잘 사용하는 전략을 강민허가 역으로 사용할지도 모르기 때문이었다.

기존에 남혁준이 사용해 오던 전략은 HP 우위를 점해 타임 아웃까지 경기를 질질 끄는 전략이다.

남혁준에게는 힐 스킬이 있다. 상대방과 호각으로 싸우다가 가드를 세우고 힐 스킬을 계속 반복한다. 이것으로 HP를 주기적으로 회복을 시켜서 타임 아웃까지 경기를 끌고 간다. 가드를 단단히 굳혀두면 상대방은 남혁준에게 피해를 입힐 수 없다.

상대방은 안달이 날 수밖에 없을 것이다. 같이 HP가 적은 상황에서 남혁준은 힐 스킬을 이용해 피를 채우고, 다시 가드를 세워서 방어를 단단히 굳혀 버리면 그만이다. 그러면 누가 더 HP가 많으냐로 승패가 갈리게 된다.

이런 패턴을 계속 보여줬던 남혁준. 그러나 힐 스킬이 만능은 아니다.

쿨타임이 길뿐더러, HP를 완벽하게 회복시켜 주지도 못한다.

어쩌면 힐 스킬로 커버를 치지 못할 정도로 막대한 HP 피해를 받을지도 모른다. 높은 공격력을 지닌 격투가 클래스라면, 5초 내에 그 정도 피해를 입히는 건 충분히 가능할 것이다.

그리고 강민허가 역으로 타임 아웃까지 도망치면서 시간을 질질 끌게 되면, 1경기는 HP에서 우위를 점한 강민허가 가져가게 될 것이다.

결국 방패를 수리하기 위해 스킬을 사용하면, 그 즉시 패배로 이어진다.

남혁준은 이미 거기까지 계산을 다 해뒀다.

'어쩐다……'

남혁준은 침을 꿀꺽 삼켰다.

한편, 강민허는 이제 여유를 되찾았다.

"자, 어디 한번 방패를 수리해 보시지."

강민허는 언제든 공격을 가할 준비를 마친 상태였다.

강민허의 라울 캐릭터를 지그시 바라보던 남혁준.

결국 그가 선택한 것은 난타전이었다.

*　　　*　　　*

민영전 캐스터가 목소리를 높였다.

"아!!! 남혁준 선수!! 방패를 내렸습니다!"

"세상에. 남혁준 선수가 스스로 방패를 내리는 장면을 보게 될 줄은 생각도 못했네요!"

하태영 해설 위원도 덩달아 소리쳤다.

방패하면 남혁준, 남혁준하면 방패였다. 그만큼 방패란 아이템은 남혁준에겐 아이덴티티나 마찬가지였다.

남혁준의 상징을 스스로 포기하다니. 이 상황을 유도해 낸 강민허의 플레이에 그저 놀랄 따름이었다.

어차피 이대로 가면 승산은 없다.

남혁준은 결국 강민허와의 난타전을 준비했다.

사실 난타전으로 들어가게 되면 강민허가 유리하다. 남혁준은 방어에 모든 세팅을 해뒀기에 공격 속도라든지 이동속도, 캐스팅 속도에 매우 취약하다.

근력이나 체력 자체는 강민허의 라울보다 좋지만, 그게 좋아봤자 무슨 소용이겠는가. 그냥 움직임 느린 샌드백 신세밖에 되지 못할 터.

가드를 풀자마자 강민허는 바로 달려들었다.

라울의 오른손, 왼손 주먹이 남혁준을 유린했다.

워해머를 휘둘렀지만, 민첩이 빠른 격투가에게는 먹히지 않았다.

평타 자체가 논 타겟팅이기 때문에 맞추는 것도 쉽지 않았다.

그렇게 강민허는 차츰 남혁준의 HP를 갉아먹었다.

기어코 HP의 절반을 깎는 데에 성공한 강민허.

마무리 일격을 가하기 전에, 타임 아웃 선언이 강민허의 공격을 멈추게 만들었다.

HP 양의 유무를 따지면, 강민허가 압도적이었다.

98%. 남혁준은 43%였다.

민영전 캐스터는 목소리를 높여 외쳤다.

"첫 번째 경기! ESA의 강민허 선수가 승리를 차지했습니다!"

관중석에 엄청난 함성 소리가 울려 퍼졌다.

남혁준에게 값진 1승을 따낸 강민허.

그러나 아직 경기가 완전히 끝난 건 아니었다.

승부는 마지막의 마지막까지 이어진다.

방심은 절대 금물.

조금이라도 방심을 하는 순간, 상대방은 강민허에게 날카로운 일침을 선사할 것이다.

그것을 방지하기 위해서라도 강민허는 긴장의 끈을 놓지 않기로 했다.

*　　　*　　　*

강민허는 이어 두 번째 작전에 돌입하기 위해 바로 아이템 세팅을 시작했다.

남혁준도 생각이 많아졌다.

"내구도를 깎는 작전을 사용할 줄이야."

브레이크 타임에 남혁준이 소속된 MA3 팀의 코치진들이 올라왔다.

"혁준아. 멘탈 잡아라. 아직 경기 끝난 거 아니다."

"저도 알아요."

길게 심호흡을 하면서 평정심을 되찾기 위해 노력하는 남혁준.

코치가 한 말이 맞다.

아직 경기가 끝난 건 아니다. 3판 2선승제다. 아직 한 번의 기회가 더 남아 있다.

경기 흐름을 강민허에게 내준 건 뼈아프지만, 덕분에 좋은 교훈을 얻었다.

내구도가 가장 높은 대형 방패를 골라 새로 착용했다.

이 정도 내구도가 되는 대형 방패라면, 제아무리 강민허가 공격을 난사한다 하더라도 경기가 끝나기 전까지 내구도를 다 깎아 먹을 일은 결코 없을 것이다.

방패 한 번 갈아 끼운 것만으로도 강민허의 첫 번째 전략은 미연에 철저히 방지가 되었다.

그러나 남혁준은 계속해서 불안감이 들었다.

강민허도 바보는 아닐 터. 분명 남혁준이 새로운 방패로 갈아 끼우고 두 번째 경기에 임할 거란 사실을 알고 있을 것이다.

모른다는 건 말이 안 된다.

1회성 필살 전략의 약점은 바로 이것이다.

한 번은 통용될 수 있다. 그러나 두 번은 안 먹힌다.

"자, 이제 어떻게 나올 거냐, 강민허."

세팅을 전부 완료한 남혁준은 가볍게 몸을 풀었다.

1세트에서 받은 수모는 전부 2세트에서 되돌려 주면 된다.

남혁준은 슬쩍 건너편 부스를 응시했다.

강민허는 무표정으로 모니터를 바라보고 있었다. 무슨 생각을 하는지 표정으로는 전혀 알아낼 수 없었다.

포커페이스의 달인, 강민허.

그는 손을 풀더니, 다시 모니터와 키보드 위에 양손을 올려놓았다.

남혁준은 진행 요원에게 세팅 완료라는 신호를 보냈다.

때마침 강민허도 남혁준과 비슷한 타이밍에 세팅을 완료했다.

빠른 경기 준비.

민영전 캐스터의 멘트와 함께 두 번째 경기가 시작되었다.

"지금부터 강민허 선수와 남혁준 선수의 대망의 두 번째 경기의 막을 열겠습니다!"

경기에 들어가자마자 남혁준은 가드를 단단하게 굳혔다.

1세트 때와 비슷한 출발 양상을 보였다.

"자, 와봐라! 강민허!"

한 번 당하지, 두 번 당할 쏘냐!

이번에는 안 당한다!

남혁준의 눈에 독기가 어렸다.

이번에도 마찬가지로 가드를 단단히 굳힌 남혁준.

내구도가 높은 대형 방패로 들고 왔기에 강민허가 아무리 때려도 내구도를 파괴시킬 순 없을 것이다.

내구도 파괴 스킬이라도 사용하면 되겠지만, 격투가 스킬 중에선 내구도 파괴 스킬은 없었다.

안심하고 가드를 굳혀도 된다.

그러나 남혁준의 어깨에는 힘이 잔뜩 들어가 있었다.

긴장한 탓이었다.

여기서 한 번 지면 이대로 탈락이다.

남혁준은 이번 개인 리그에서 무슨 일이 있어도 4강까지는 가야 한다는 나름의 목표가 있었다.

4강만 넘는다면, 결승 진출까지 바라볼 수 있다!

그 희망을 가지고 대전까지 내려왔다.

그러나 상대는 강민허다.

남혁준이 생각했던 것 이상으로 그는 강했다.

실제로 남혁준에게 한 번의 경기를 따냈으니. 쪼렙이라고 더 이상 무시할 수도 없게 되어버렸다.

"……."

남혁준의 시선은 모니터에 고정되었다.

강민허의 움직임을 절대로 놓치지 않겠다는 의지를 드러내면서 끝까지 그를 쫓았다.

전방으로 빠르게 접근해 오는 강민허.

오른 주먹을 내질러 기본 공격 평타를 날렸다.

터엉!

첫 번째 세트와 마찬가지로 남혁준의 방패에 강민허의 주먹이 막혔다.

한 번, 그리고 두 번. 세 번째 공격까지 이어졌다.

그런 뒤, 강민허는 뒤로 물러섰다.

남혁준은 속으로 생각했다.

'때려보고 나니까 안 되겠다 싶겠지. 안 그래? 강민허.'

남혁준은 자신도 모르게 입꼬리를 말아 올렸다.

아까보다 대미지가 더 안 나왔다. 강민허가 그걸 모를 리 없었다.

방패가 바뀌었다는 사실을 금세 알아차린 강민허.

그럼에도 불구하고 강민허의 표정은 여전히 변함이 없었다.

이미 이건 예상한 바였다.

'내구도 높은 걸로 바꿔왔나 본데.'

강민허는 빠르게 손을 풀었다.

"그럼 나머지 템들은 그대로인지 한번 지켜볼까?"

강민허는 계속해서 탐색전을 이끌어갔다.

아까처럼 무작정 방패만 두드리지 않았다.

전방 가드 스킬의 약점을 노리기 위해 후방으로 돌아들어가 공격을 한다든지. 아니면 사이드를 노린다든지. 공격 방식이 다양화되었다.

중계진들도 강민허의 달라진 전략에 관심을 보였다.

"강민허 선수! 아까와는 다른 전략으로 나갈 생각인가 봅니다!"

"그럴 수밖에 없죠. 강민허 선수의 캐릭터가 한순간에 폭딜을 내는 게 가능한 캐릭터긴 하지만, 그건 어디까지나 일반적인 캐릭터에게만 통용되는 이야기고요. 남혁준 선수의 팔라딘 캐릭터는 방어력에 올인한 캐릭터라서 강민허 선수의 장기인 화려한 콤보도 제대로 딜이 안 들어갈 겁니다."

"강민허 선수, 고민이 많아지겠어요!"

중계진들의 말대로였다.

강민허의 딜은 남혁준에게 통하지 않는다.

그래서 가드를 내리게 하기 위해서 방패의 내구도를 깎는다는 작전을 세웠지만, 그건 1회성 전략에 불과하다. 두 번은 통하지 않는다.

그래서 강민허는 새로운 작전을 들고 나왔다.

이 작전이 통하기 위해선 적어도 남혁준이 1세트에서 방패만 바꾸고 나머지 아이템들은 동일하게 세팅을 하고 나와야 한다는 전제가 깔려 있어야 한다.

강민허는 그것을 측정하기 위해 일부러 탐색전을 길게 잡았다.

몇 차례 때려본 결과.

강민허는 결론을 내렸다.

'같아. 방패만 갈아 끼우고 왔어!'

강민허의 미소가 짙어졌다.

그가 바라던 상황이 펼쳐진 것이다.

때마침 카메라는 강민허를 비췄다. 관중들이 예상한 것과 다른 표정을 짓는 강민허의 모습. 장내는 다시 한번 술렁이기 시작했다.

"왜 웃는 거야?"

"설마 실성한 건 아니겠지?"

"에이, 설마."

"근데 웃을 이유가 없잖아?"

"뭐지? 이상한데?"

강민허의 저 미소는 도대체 무엇을 의미하는 걸까. 관중들끼리 열띤 토론을 벌이기 시작했다.

중계진도 마찬가지였다.

"강민허 선수가 왜 저런 표정을 짓는 걸까요?!"

민영전 캐스터가 두 해설 위원에게 의견을 구했다. 서이우 해설 위원이 먼저 자신의 생각을 드러냈다.

"아무래도 강민허 선수. 남혁준 선수를 쓰러뜨릴 수 있는 비책을 가져왔나 봅니다."

"그 작전이라면 이미 1세트에서 사용하지 않았습니까? 내구도를 0으로 만드는 작전은 안 통할 텐데요?"

"같은 작전은 사용하지 않을 겁니다. 제가 아는 강민허 선수는 3전 2선승제에서 작전을 1개만 들고 나올 그런 선수가 절대로 아닙니다. 플랜 A가 통하지 않을 경우를 생각해서라도 플랜 B, 플랜 C, 플랜 D, 플랜 E까지. 무수한 작전을 들고 나올 선수입니다. 분명 다른 작전이 있을 거예요."

서이우 해설 위원의 가설은 정확하게 맞아떨어졌다.

강민허는 속공류의 공격을 계속해서 쏟아부었다.

이번에는 방패가 아니라 사이드, 후방을 노리는 공격을 위주로 날렸다.

속공류의 공격 스킬은 공속이 빠르지만, 대신 대미지가 매우 낮다.

그래도 가랑비에 옷 젖는 줄 모르는 법이다. 남혁준은 최대한 방패를 들고 강민허의 공격을 방어하려 했지만, 완벽하게 다 방어를 해내진 못했다.

강민허가 10대를 치면, 그중에 1, 2대는 어쩔 수 없이 맞게 된다.

이 과정이 계속 반복되었다. 따지고 본다면 강민허는 10초에 2대 정도를 남혁준에게 적중시키는 꼴이 되었다.

그러나 대미지가 워낙 약했기 때문에 남혁준은 거의 피해가 없었다.

그럼에도 불구하고 강민허는 이런 공격을 계속해서 이어나갔다.

그때였다.

놀라운 상황이 벌어졌다.

—System: 강민허 님의 공격이 적중했습니다.
—System: 즉사 스킬 '서든 데스'가 발동합니다.

"뭐……?!"

남혁준의 HP가 빠르게 하락했다.

서든 데스. 상대가 어떤 능력을 지녔든, 어떤 스탯을 지녔든

간에 그것들을 전부 다 무시하고 제거할 수 있는 스킬이다.

그러나 서든 데스는 발동되는 확률이 굉장히 희박하다. 0.001% 정도. 좋은 스킬이긴 하지만, 확률이 너무 희박해서 선수들은 웬만하면 즉사류 스킬은 사용하지 않았다.

그러나 강민허는 달랐다.

남혁준의 캐릭터가 워낙 방어력이 높기에 강민허는 애초에 본인의 대미지가 먹히지 않을 거라는 생각을 하고 있었다.

그래서 고른 것이 바로 서든 데스다.

민영전 캐스터가 놀라 소리쳤다.

"강민허 선수!!! 설마 즉사 스킬을 들고 올 줄은 몰랐습니다!!! 아니, 그보다 0.001%의 기적이 일어난 겁니까?! 믿을 수가 없군요!"

"아니요. 확률은 0.001%가 아닐 겁니다."

하태영 해설 위원은 이게 어찌된 영문인지 바로 파악을 마쳤다.

"강민허 선수의 템 세팅을 보시기 바랍니다. 방어구뿐만 아니라 액세서리류까지. 전부 다 '즉사 스킬 확률 업' 옵션 스킬이 붙어 있는 것들뿐입니다. 저 세팅의 효과를 받는다면, 서든 데스 스킬 발동 확률은 최대 0.5%까지 오릅니다. 그리고 서든 데스의 확률은 한 번의 공격에 적용됩니다. 저 확률이 발동할 때까지 강민허 선수는 최대한 빠르고 많이 때릴 수 있는 공격으로 일부러 남혁준 선수를 노린 겁니다."

0.5퍼센트의 기적을 만들어내기 위해서 강민허는 그만한 노력을 했다.

그리고.

그의 노력이 빛을 보게 되었다.

쭉 내려가는 남혁준의 HP.

그러나 아웃당하진 않았다.

HP가 1 남았을 때. 팔라딘의 패시브 스킬이 발동했다.

—System: 필사의 의지 스킬이 발동됩니다.

—System: 신의 가호로 인해 5초 동안 무적 상태가 됩니다.

—System: 무적 상태가 되면 상태 이상 효과를 모두 무효로 만듭니다.

—System: 단, HP는 회복되지 않습니다.

필사의 의지 덕분에 서든 데스로부터 살아남을 수 있었다.

그러나 HP는 1밖에 남지 않았다.

5초 동안 남혁준은 힐 스킬을 사용해서 HP를 회복하려 했다.

그러나 힐 스킬을 사용해도 회복할 수 있는 HP는 고작해야 10%뿐이다.

강민허가 충분히 원콤을 내고도 남을 만한 HP였다.

무적 시간 5초가 끝나자마자 강민허는 남혁준이 당황한 틈을 노려 바로 콤보를 날렸다.

공중으로 남혁준의 캐릭터를 띄운 강민허는 그의 장기인 10단 콤보를 빠르게 입력했다.

아무리 높은 방어력을 지녔다 하더라도 HP가 10퍼센트밖에 남지 않았다면 방어력도 무용지물이다.

로인 이스 온라인 PvP는 방어력 싸움이 아니다.

HP 싸움이다.

힐 스킬로 HP를 채워봤자 이 다음은 어떻게 할 텐가?

강민허의 라울은 HP가 100퍼센트다. 100퍼센트를 따라잡으려면 남혁준의 장기인 가드를 포기해야 한다.

다시 가드를 세우고 힐, 가드를 세우고 힐. 이것을 반복할 수도 없었다. 경기 종료까지 남은 시간은 기껏해야 1분이다.

힐 스킬의 쿨타임은 30초. 타이밍을 정확히 재야 앞으로 두 번의 힐 스킬을 사용할 수 있는데, 그래봤자 HP 회복은 30퍼센트가 최대다. 100퍼센트인 강민허를 따라잡을 수가 없다.

남혁준은 선택의 기로에 마주 섰다.

힐 스킬, 가드 반복 패턴을 선택하면 확정 패배다.

그렇다면…….

'조금이라도 승산이 있는 쪽에 도박을 걸어야 해!'

남혁준은 방패를 집어 던졌다.

그의 모습에 중계진을 비롯해 관중들이 놀라움을 드러냈
다

"남혁준 선수!!! 트레이드 마크라 할 수 있는 가드를 포기했
습니다!!!"

"세상에! 믿기질 않네요! 남혁준 선수가 가드를 포기하다
니!"

"이게 도대체 무슨 일이란 말입니까!!!"

중계진은 전부 일어서서 경기를 중계하기 시작했다.

한편, 강민허는 남혁준이 방패를 포기하고 무기를 들자, 다
시 한번 미소를 지었다.

"드디어 호랑이가 굴에서 튀어나오셨고만. 그래. 게임은 서
로 치고박고 싸워야 재미있는 법이지."

강민허는 이 순간만을 기다렸다.

사실 강민허가 남은 1분 동안 싸움을 최대한 피하고 도망
쳐 다니면 승리는 그의 것으로 돌아가게 된다.

그게 가장 좋은 방법이었다.

동시에 가장 확실한 방법이기도 했다.

하나 강민허는 그러지 않았다.

애초에 시간 끌기 작전 같은 것은 강민허의 머릿속에 들어
있지도 않았다.

오히려 강민허가 남혁준에게 달려들었다.

진검 승부!

남혁준은 비장한 표정으로 컨트롤을 펼쳤다.

묵직한 팔라딘의 일격이 강민허를 위협했다.

간발의 차이로 팔라딘의 공격을 흘려보낸 강민허.

"컨트롤 좋네! 피지컬 나쁘지 않은데, 여태껏 그런 재미없는 패턴을 고수해 왔던 거야? 아깝네!"

이 말이 남혁준에게 들릴 리는 없을 것이다.

남혁준은 예상 외로 컨트롤이 좋았다. 충분히 강민허와 좋은 난타전을 할 수 있을 만큼 뛰어난 편이었다.

그러나 강민허를 뛰어넘을 정도는 아니었다.

계속해서 누적되는 대미지. 반면, 남혁준은 공격을 전혀 적중시키지 못했다.

강민허의 압도적인 피지컬, 그리고 화려한 컨트롤!

남혁준의 이마에 식은땀이 흘러내렸다.

한 방만. 단 한 방만 적중하면 되지만, 강민허는 그 한 방의 유효타조차 허용하지 않았다.

결국 강민허는 마지막 일격을 날렸다.

정권 찌르기가 작렬했다. 동시에 남혁준의 팔라딘 캐릭터는 HP가 0이 되었다.

타임 아웃까지 딱 5초가 남은 상황에서 남혁준는 강민허에게 패배했다.

컨트롤 싸움으로 끌고 갔음에도 불구하고 남혁준은 강민허를 이기지 못했다.

8강 첫 번째 경기. 강민허 VS 남혁준.

스코어는 2 대 0.

남혁준의 완벽한 패배였다.

기적의 2연승!

관중석은 그야말로 불타올랐다.

물론 강민허의 승리를 점치는 사람들의 숫자는 적지 않았다. 그럼에도 남혁준과의 경기는 힘들지 않을까 하는 전망이 꽤 됐다.

하나 강민허는 이런 사람들의 시선조차 단번에 불식시켰다.

확실한 필살기성 전략을 두 가지나 들고 와서 완벽하게 남혁준을 압살시켜 버렸다.

2 대 0 셧 다운!

강민허는 먼저 부스에서 나와 무대 위에 섰다.

주먹을 가볍게 말아 쥔 오른손을 번쩍 들어 올렸다. 그에 따라 관중들의 환호성도 높아졌다.

사람들은 강민허의 이름을 연호했다. 대전까지 응원을 나온 원정팬들은 더더욱 강민허의 이름을 부르짖었다. 셀리아역시 마찬가지였다.

카메라를 향해 손을 흔들어주는 강민허.

승자 인터뷰를 받기 위해 무대로 걸음을 옮겼다.

그 전에 강민허의 시야에 때마침 부스 밖으로 나오는 남혁준의 모습이 들어왔다.

강민허는 그에게 먼저 다가갔다.

"고생하셨습니다, 남혁준 씨."

"민허 씨야말로요. 좋은 승부였습니다. 설마 그런 전략들을 들고 나올 줄은 생각도 못 했습니다. 역시 변수의 왕이시군요."

"그저 운이 좋았을 뿐입니다. 그리고 이 전략은 앞으로 안 통하겠지요."

"하하. 그에 따른 대비를 철저하게 할 거니까요. 다음에 다시 맞붙게 된다면, 그때는 이런 결과가 없을 겁니다."

"그렇겠죠."

강민허는 알고 있었다.

남혁준은 훌륭한 선수다. 전략도 좋고, 자신만의 플레이에 자부심과 뚝심을 가지고 있는 남자다.

본인이 꾸준히 고집해 왔던 길이 한순간에 무너졌다. 분명 상심이 클 것이다.

그럼에도 남혁준은 강민허 앞에서 미소를 유지했다.

멘탈이 좋은 선수였다.

이런 선수는 언젠간 크게 성공한다. 강민허는 그걸 누구보다도 잘 안다.

남혁준과 악수를 마친 후에 승자 인터뷰 무대로 향했다.

카메라가 돌기 전에 이화영은 먼저 강민허에게 축하의 말을 건넸다.

"고생했어. 경기 정말 멋졌어."

"그냥 작전이 잘 먹혀들어 간 것뿐이야. 만약 남혁준 선수가 이 전략을 알고 있었더라면, 그리고 예전에 한 번 당해봤던 경험이 있었더라면 절대로 안 먹혔을 테지. 타이밍이 좋았어."

"그런 타이밍을 만들어내는 것도 프로게이머가 해야 할 일 아니야?"

"뭐, 그렇지."

강민허는 가볍게 어깨를 으쓱였다.

그녀의 말이 옳다.

타이밍을 만들어내는 일. 기회를 만들어내는 일. 이것들 역시 프로게이머의 역량에 따라 갈린다.

강민허는 그것을 해냈다. 오늘로서 로인 이스 온라인을 메인으로 활동하는 프로게이머들은 강민허라는 이름 세 글자를 뇌리에 철저히 새겨 넣었을 것이다.

강민허를 인정하지 않을 수가 없게 되었다.

개인 리그 4강은 허투루 올라올 수 있는 자리가 아니다. 운이 좋다는 말로 둘러대기에는 너무나도 힘든 곳이다.

특히나 대한민국이라는 나라에서 개인 리그 4강 이상의 성적을 거뒀다는 건 그야말로 기적과도 같은 일이다. e스포츠 강국에서 열리는 리그는 세계 대회보다도 더 우승하기 힘든 대회로 잘 알려져 있었다.

카메라가 돌기 시작했다. 그에 따라 이화영은 바로 승자 인터뷰 준비를 서둘렀다.

마이크를 든 이화영. 그녀가 멘트를 이어나갔다.

"방금 막 4강 진출에 성공한 강민허 선수와 인터뷰를 나눠보겠습니다. 강민허 선수! 축하드려요!"

"감사합니다, 감사합니다."

강민허는 앞, 뒤, 그리고 양옆에서 올려다보는 게임 팬들에게 고마움을 드러냈다.

뒤이어 이화영의 멘트가 계속 이어졌다.

"오늘 경기! 강민허 선수에게 정말 힘든 경기가 될 거라는 게 관계자들의 입장이었는데요. 그럼에도 불구하고 강민허 선수는 너무 쉽게 2 대 0으로 승리를 따낸 거 같아요. 게다가 두 경기 연속으로 필살기성 전략을 들고 나올 줄이야. 솔직히 남혁준 선수를 상대로 필살기성 전략을 들고 나오는 선수는 거의 없는 편이거든요. 오늘과 같은 플레이를 선보이게 된 계기가 있었나요?"

"계기는 딱히 없습니다. 여러분들도 잘 아시겠지만, 저는 순수하게 컨트롤 싸움을 벌이는 것도 좋아하고 머리싸움을 하는 것도 좋아해요. 오늘 경기가 전자보다 후자에 좀 더 가까웠을 뿐. 사실 선택지는 많았습니다. 충분히 컨트롤 싸움으로 끌고 갈 수도 있었어요. 근데 효율성을 따지고 본다면, 오늘 들고 온 전략 두 가지를 사용하는 편이 더 괜찮을 거 같다는 생각이 들어서 이렇게 된 겁니다."

"그렇군요. 작전은 혹시 본인이 직접 떠올린 건가요?"

"첫 번째 내구도 깎기 작전은 제가 예전부터 떠올렸던 거고, 두 번째 즉사 스킬 활용 작전은 진성이 형… 아니, 성진성 선수와 이야기를 하다가 도중에 힌트를 얻었어요."

"그럼 성진성 선수에게 크게 한턱 쏴야겠네요!"

"물론이죠. 기왕이면 성진성 선수도 도백필 선수를 꺾고 올라와서 서로 기쁜 마음으로 파티를 벌였으면 좋겠네요."

성진성과 도백필의 이야기가 언급된 순간.

빼놓을 수 없는 질문이 있다.

"두 사람의 경기는 가장 마지막에 펼쳐질 예정인데요. 강민허 선수가 보기에는 누가 이길 거 같나요?"

"마음으로는 성진성 선수가 이겼으면 하는데, 머리로는 도백필 선수가 승리한 확률이 높다는 생각이 들긴 해요. 하지만 어디까지나 확률 싸움일 뿐. 가능성이 0.1%라도 있는 한, 저는 성진성 선수가 충분히 이길 수 있다는 기대를 걸고 싶습니다."

냉정하게 따져봤을 때, 성진성보다는 도백필이 이길 가능성
이 월등하게 높다.

그건 성진성 본인이 더 잘 안다.

경기가 어떻게 되든 간에 강민허는 성진성이 오늘 경기에
최선을 다하기를 기원했다.

이화영은 잠시 다른 길로 샌 화제를 본래 궤도로 되돌렸다.

"팬들에게 앞으로 4강에 임하는 각오 한마디 들려주세요."

"누차 말씀드리지만, 제 목표는 결승 진출, 그리고 우승입니
다. 그러니까 4강 진출에서 만족하지 않고 계속해서 정상을
향해 달리겠습니다. 그때까지 많은 응원 부탁드리겠습니다."

팬들은 강민허에게 아낌없는 박수를 보내왔다.

이게 끝이 아니다.

우승으로 향하는 과정이자 절차일 뿐.

강민허는 아직 배고프다.

＊　　　　＊　　　　＊

강민허와 남혁준의 경기를 시작으로 다른 8강 경기들이 빠
르게 진행되었다.

두 번째 경기, 세 번째 경기는 타임 아웃까지 가게 된 강민

허와 남혁준의 경기보다도 훨씬 빨랐다.

그들은 순식간에 마지막 경기에 임하고 있었다.

성진성은 스스로 마인드 컨트롤에 들어갔다.

"진정하자, 진정해!"

그러나 전혀 진정이 안 되는 모습이었다.

오진석 코치가 성진성의 어깨를 주물렀다.

"말로만 하지 말고 실제로 진정 좀 해라, 진성아. 아직 경기 시작하려면 시간 남았어. 천천히 심호흡해."

"스읍! 후우! 스읍! 후우!"

오 코치의 말대로 심호흡을 해보는 성진성.

그러나 긴장감은 쉽게 사라지지 않았다.

성진성은 이런 큰 무대에 혼자 서보는 건 처음이었다. 프로리그 결승 무대에 올랐던 적은 있었으나, 그때는 혼자가 아니었다.

중압감이 상당했다.

성진성은 강민허를 떠올렸다.

'민허 녀석, 이런 중압감을 견디고 승리한 거야?'

동생이지만, 한편으로는 존경스러웠다.

남혁준도 보통내기는 아니다. 어쩌면 강민허의 프로게이머 인생에서 최초의 패배를 안겨줄 선수가 나올지도 모른다는 의견도 꽤 많았다.

그럼에도 불구하고 강민허는 너무나도 당당하게 승리를 쟁취했다.

성진성은 강민허의 무대를 라이브로 지켜봤다. 입이 떡 벌어질 정도였다.

연습 때보다도 더 잘했다. 강민허였기에 가능한 일이었다.

이제 성진성이기에 가능한 일을 해야 한다.

도백필을 꺾는다!

무거운 표정으로 오진석 코치, 허태균 감독과 함께 부스로 향했다.

올라가는 계단에서 미리 기다리고 있던 강민허.

"진성이 형."

"뭐 하러 왔어? 들어가서 쉬고 있지."

"아직 형 경기도 안 끝났는데 나 혼자 쉴 수는 없지."

강민허가 성진성에게 다가갔다.

"무조건 이겨, 형."

"결승에서 도백필 선수를 꺾는 게 네 목표 아니었어? 그러려면 도백필 선수가 이기기를 원해야 하는 거 아니냐?"

"아무리 나라고 해도 같은 팀 선수를 놔두고 다른 팀 선수를 응원하는 그런 행동은 안 해. 그리고 난 형이라면 도백필 선수와 충분히 비벼볼 만하다는 생각을 예전부터 가지고 있었어."

강민허는 그에게 자신감을 심어줬다.

"형은 충분히 강해. 실력 있는 선수야. 자부심을 가져. 절대
로 주눅 들지 말고. 그리고 이기는 거야. 알았지?"

"…고맙다, 민허야."

성진성은 크게 고개를 끄덕였다.

강민허 덕분에 많은 용기를 얻었다.

부스로 올라가는 성진성. 오진석 코치와 함께 세팅 마무리
작업에 들어갔다.

그사이에 허태균 감독은 강민허에게 물었다.

"솔직하게 진성이가 도백필 선수를 이길 확률이 몇이라고
보냐?"

지금 이들이 주고받는 대화는 부스 안까지는 들리지 않는
다.

승자 예측 결과는 이미 나왔다.

도백필이 99%. 성진성이 1%였다.

"감독님은요?"

"나도 승자 예측이랑 별반 다를 바 없어."

냉정하게 봤을 때, 허태균 감독은 성진성에게 승산이 없을
거라고 봤다.

그러나 이런 이야기는 성진성 앞에서 절대로 하지 않았다.

본인 팀의 선수의 사기를 꺾는 일을 감독으로서 할 수가 없

었다. 허태균 감독은 성진성에게 이길 수 있다는 희망감을 계속 심어줬다.

그러나 한편으로는 불안했다.

어쭙잖은 희망은 오히려 큰 절망을 낳는다.

큰 절망은 곧 슬럼프가 되어 선수를 덮친다.

성진성은 충분히 가능성이 있는 선수다. 그런 성진성이 이번 대회를 통해 큰 슬럼프를 겪게 되고 침체기에 접어든다면, ESA는 아까운 인재 한 명을 잃게 되는 꼴이 될 것이다.

강민허는 천천히 입을 열었다.

"50 대 50입니다."

"빈말이 아니라?"

"네."

강민허는 확신에 찬 듯 말했다.

"저는 항상 모든 선수들의 승자 예측 확률을 반반으로 보고 있어요. 이기거나, 아니면 지거나. 물론 누가 우세고 누가 열세라고는 말할 수 있어요. 하지만 프로들의 경기에는 반드시, 절대라는 말은 없어요. 변수는 늘 존재하니까요. 어떤 변수가 일어날지. 그것까지 고려한다면, 승률이라든지 승자 예측 확률은 의미가 없어요."

아무리 약자라도 패배만 하라는 법은 없다.

강자를 상대로 때로는 약자의 반격을 날릴 수 있다.

"모든 선수가 승리를 쟁취할 자격이 있는 거예요. 진성이 형도 마찬가지예요. 진성이 형은 승리를 거머쥘 자격이 있어요."

"그렇군."

허태균 감독은 쓴웃음을 지었다.

"민허야."

"네, 감독님."

"너, 나중에 프로 선수 은퇴하고 나서 코치 해볼 생각 없냐?"

"코치요?"

"어. 너는 코치 해도 잘 어울릴 거 같아서."

의외의 제안.

그러나 강민허의 대답은 이미 정해져 있었다.

"당분간 저는 '강민허 코치'라고 불리는 것보다 '강민허 선수'가 더 어울릴 거 같아요."

"그렇군. 뭐, 나중 일이니까 천천히 생각해 보라는 뜻으로 한 말이었어."

"시간이 지나고 감독님 말씀대로 천천히 생각을 해볼게요."

지금은 성진성의 경기를 지켜보는 것이 우선이었다.

성진성의 경기를 지켜보기 위해 대기실에 자리를 잡은 강민허.

허태균 감독과 오진석 코치도 강민허와 함께 모니터를 응시했다.

"제발, 진성아! 힘내자!"

오진석 코치는 빌고 빌었다.

성진성이 기적을 일으켜 주기를! 그것이 이들의 염원이었다.

한편. 강민허는 도백필의 경기를 주의 깊게 관람하기로 했다.

성진성이 얼마나 활약을 해줄 수 있을지. 강민허는 예상하기 힘들었다.

성진성의 실력으로 도백필에게 승리를 따올 수 있으리란 보장은 거의 없다시피 했다. 사실 많이 힘들다. 모두가 다 알고 있는 사실이지만, 성진성의 사기를 생각해서 일부러 언급을 하지 않았다.

그래도 강민허는 성진성이 좀 더 힘을 내주기를 바랐다.

반면, 무대에서 민영전 캐스터의 우렁찬 외침이 울려 퍼졌다.

"지금부터 4강으로 향하는 8강 마지막 경기! 도백필 대 성진성! 성진성 대 도백필의 경기를 지금 시작하겠습니다!!!"

관중들의 함성이 더욱 커졌다.

첫 번째 경기에 들어갔다.

도백필은 무난하게 전사 클래스를 들고 나왔다.

한 손 검과 한 손 방패를 든 전형적인 검사.

성진성도 마찬가지였다.

두 선수는 클래스가 겹쳤다. 로인 이스 온라인에서 한 손 검사는 가장 보편적이고 밸런스 분배가 적절한 직업으로 알려져 있었다.

방어 스탯이 낮지만, 공격력은 좋은 격투가 클래스라든지. 혹은 지력, 마력에 치중되어 있는 마법사 클래스라든지. 이런 직업들에 비해 평범한 직업이었다.

강점도 없지만, 바꿔서 말한다면 약점도 없다.

두 검사가 천천히 서로에게 접근했다.

성진성은 강민허처럼 엄청난 변수로 중무장을 해왔거나 그러지 않았다.

남혁준처럼 극단적인 성향을 지닌 플레이어였다면, 강민허가 한 것과 마찬가지로 변수를 두는 필살기성 작전을 구사했을지도 모른다.

그러나 도백필 같은 안정적이고 정석적인 플레이를 위주로 삼는 선수에겐 오히려 그런 필살기성 전략이 잘 안 통할 때가 있다.

심지어 많다.

성진성은 이번 8강 경기의 테마를 '실력 VS 실력대결'로 잡았다.

그러나 성진성이 깨닫지 못한 점이 하나 있었다.

정면 승부. 실력대결은 도백필이 가장 좋아하는 경기 양상이라는 사실을.

먼저 성진성이 칼을 꺼내 들었다.

선공을 가하는 성진성. 도백필은 방패를 들어 성진성의 경기를 가볍게 튕겨냈다.

방어 성공과 동시에 도백필의 공격이 이어졌다. 성진성은 뒤로 물러섰다. 서로 일 합을 주고받아 보려고 했지만, 좀 더 시간을 두고 도백필이라는 선수의 성향을 알아내고 싶었다.

회피 이후에 성진성은 다시 공격을 감행했다.

두 번째 공격. 이번에도 도백필은 회피가 아닌 방어를 택했다.

퉁!

성진성의 공격이 튕겨 나왔다.

'그다음에는 공격이 이어지겠지!'

이미 성진성은 회피 스킬을 사용할 준비를 갖췄다.

빠르게 캐릭터를 뒤로 빼는 스킬, 백스텝.

쿨타임이 짧아서 언제든 위기 탈출용으로 사용할 수 있는 근접 클래스의 밥줄 같은 스킬이다.

그러나.

도배필은 공격을 가하지 않았다.

"어?!"

아까와 다른 타이밍. 잠시 멍 때리는 와중에 반 박자 느린 도백필의 공격이 이어졌다.

"시간차 공격이냐!"

뒤늦게 백스텝을 밟아보지만, 도백필의 공격은 성진성의 캐릭터를 적중시켰다.

HP가 깎여 나갔다.

그래도 큰 공격은 아니었다. 대미지가 적다. 충분히 감내할 만했다.

그러나 성진성은 방금 도백필이 보여준 시간차 공격에 적지 않은 정신적 대미지를 받았다.

기계 같은 완벽한 플레이로 유명한 도백필. 그러나 방금의 공격은 뭔가 타이밍이 이상했다.

반격을 가하려면 바로 가해야지, 왜 반 박자 느린 반격을 한단 말인가.

그러나 결과적으론 그 공격이 통했다.

"설마… 내 심리를 읽은 거야?"

인정하고 싶지 않았다.

경기가 시작된 지 채 1분이 지나지 않았다. 도백필이라는 선수를 좀 더 파악해 보고자, 그리고 몸풀기용으로 성진성은 일부러 도백필의 가드를 두드렸다.

그런데 공격을 몇 수 주고받지도 않았음에도 불구하고 도백필은 마치 성진성을 향해 '나는 너에 대한 모든 것을 다 파악했다'라고 말하는 듯했다.

"아니, 그냥 우연이겠지."

한 번의 공격 적중은 우연이라는 단어로 표현할 수 있다.

우연을 필연으로 만들려면 두 번, 세 번. 같은 결과가 반복되면 된다.

성진성은 이번에도 도백필의 가드를 두드렸다.

그러나.

놀라운 일이 발생했다.

이번에는 패링이 아닌 회피 동작을 펼쳤다.

사이드 스텝 이후 측면을 노리는 도백필의 날카로운 공격!

십자 베기 스킬이 발동되었다.

스윽, 슥!

빠르게 두 차례 검을 휘두르는 도백필. 성진성은 이번에도 수세에 몰렸다.

두 번의 공격을 유효타로 만듦으로 인해 도백필은 경기의 흐름을 자신의 것으로 가져왔다.

도백필이 노리는 게 바로 이것이었다.

기세 싸움에서 성진성을 압도한다.

안 그래도 성진성은 심리적으로 도백필에게 많이 위축된 상태였다. 그 와중에 자신은 한 번도 공격을 적중시키지 못했는데 상대방은 유효타를 두 번이나 날렸다.

안 그래도 위축되어 있던 성진성은 계속되는 도백필의 맹공에 더더욱 위축될 수밖에 없었다.

민영전 캐스터의 목소리가 높아졌다.

"도백필 선수! 계속해서 성진성 선수를 몰아붙이고 있습니다!"

"성진성 선수, 완전히 기세 싸움에서 밀렸어요!"

"굉장하군요! 도백필 선수가 특별히 무슨 수를 쓰거나 한 것도 아닌데, 단 두 번의 공격으로 경기의 흐름을 자신의 것으로 가져왔습니다!"

애초에 이 싸움은 평등하지 않았다.

같은 출발선상에서 달리기를 시작한 게 아니다.

도백필은 로인 이스 온라인 최강자다. 반면, 성진성은 처음으로 개인 리그 8강에 진출한 신인이다.

자신감, 그리고 기세는 도백필이 이미 가져간 상태였다. 도백필은 알고 있었다. 초반에 성진성의 멘탈을 조금이라도 흔들리게 만든다면, 첫 세트는 자신의 것이 될 거란 사실을.

그의 예상대로였다.

계속해서 도백필의 플레이에 말리기 시작하는 성진성.

심지어 컨트롤 미스까지 나기도 했다.

"성진성 선수!! 큰 대미지를 누적시킬 수 있는 절호의 찬스를 이렇게 허무하게 놓치나요?!"

"콤보를 못 넣었어요! 아주 기초적인 검사 콤보조차도 제대로 못 넣다니요!"

"아무래도 긴장을 많이 한 거 같네요."

서이우 해설 위원의 말이 가장 정확했다.

긴장감. 거기에 더해 도백필의 플레이에 완전히 말렸다.

결국 성진성은 압박감을 극복하지 못하고 허무하게 1세트를 도백필에게 내어줘야만 했다.

*　　　*　　　*

"⋯⋯."

경기가 끝나고 난 이후.

성진성은 방금 자신이 무슨 일을 겪었는지 실감이 제대로 나지 않았다.

분명 세계 최강의 플레이어, 도백필과 첫 번째 경기를 펼쳤다.

그것도 수많은 사람들이 보는 앞에서.

하지만 경기는 허무하게 끝이 나버렸다.

준비했던 것조차 제대로 보여주지 못했다. 평소 자신 있어 하던 콤보조차도 제대로 못 넣고 무기력하게 패배했다.

멘탈이 바스러지기 일보 직전이었다.

한편, 도백필은 무표정으로 가볍게 손목을 풀었다.

도백필은 신인의 심리 상태를 너무나도 잘 파악하고 있었다.

1세트에서 허무하게 경기를 내주면, 그 여파는 2세트까지 미칠 수밖에 없다.

멘탈이 쉽게 회복되지 못한다는 사실을 잘 안다.

그러나 그 누구도 도백필이 비겁하다라는 말을 꺼낼 만한 상황은 못 됐다.

이기기 위해서라면 자신이 할 수 있는 최고의 수단을 강구해야 한다. 도백필은 그걸 했을 뿐이다.

브레이크 타임에 오진석 코치가 부스 안으로 들어와 성진성에게 괜찮다며 위로의 말을 건넸다.

2세트에서 더 잘하면 된다. 아직 경기 끝난 거 아니다. 이런 식으로 위로를 했지만, 성진성은 오진석 코치의 말이 하나도 머릿속에 담기지 않았다.

좀 더 시간이 필요했다. 그러나 쉬는 시간은 한정되어 있었다.

부스 바깥을 나온 오진석 코치. 대기실로 돌아온 그에게 허태균 감독이 물었다.

"진성이, 어때?"

"힘들 거 같아요."

"도백필 선수에게 이미 말린 건가⋯⋯."

이 상황은 이미 예견되어 있었다.

지금의 위기를 잘 극복하느냐, 마느냐. 그것이 승패의 중요한 분수령이 될 것이다.

　　　*　　　　*　　　　*

"⋯정신 차리자!"

스스로 뺨을 두드리는 성진성.

멘탈을 잡기 위해 최선의 노력을 기울였다.

오진석 코치가 해준 말들이 옳다. 이제 겨우 한 세트 내준 것뿐이다. 최강의 플레이어, 도백필을 상대하는데 이 정도 상황은 충분히 받아들일 줄 알아야 한다.

앞으로 남은 두 세트를 연달아 따내면 된다!

스스로 용기를 북돋았다. 그러는 사이에 두 번째 경기가 시작되었다.

시작은 첫 세트 때와 별반 다를 바가 없었다.

서로 대치 상태에 이르렀다.

'선공으로 흐름을 가져와야 해!'

성진성은 첫 세트에서 보여준 것처럼 이번에도 마찬가지로 먼저 선공을 펼쳤다.

이어지는 도백필의 가드.

그리고 반격. 성진성의 회피. 다시 공격. 가드. 반격.

이것이 계속해서 이어졌다.

한순간의 방어 실패가 곧 엄청난 타격으로 이어진다. 두 사람은 아슬아슬한 줄타기를 하고 있었다.

먼저 실수하면 끝이다!

성진성은 이를 악물고 모든 신경을 모니터에 집중시켰다.

그러나 성진성이 잠시 망각했던 정보가 있었다.

도백필은 완벽한 플레이어다. 실수 따위는 하지 않는다.

반면, 멘탈이 크게 흔들린 성진성은 실수를 저지를 확률이 상대적으로 도백필보다 높았다.

성진성 쪽에서 먼저 가드 실패가 발생했다!

"이런!"

아차 싶은 성진성. 탄식을 자아낼 무렵. 도백필의 콤보가 이어졌다.

공중 띄우기 기술이 먼저 첫 스타트를 끊었다. 이어지는 도백필의 완벽한 콤보.

가장 많은 대미지를 뽑아낼 수 있다는 검사의 콤보를 완벽하게 넣었다.

실수 한 번 없었다.

"저 사람… 아니, 사람이 맞긴 한 거야?!"

난도가 가장 높은 콤보를 너무나도 깔끔하게 입력했다.

선수들도 공식 경기에서 실수로 콤보 실수를 저지르는 경우가 많다. 특히 방금 도백필이 선보인 검사 콤보는 실패 확률이 가장 높은 콤보에 속했다.

그것을 아주 당연하다는 듯이 성공시킨 도백필의 플레이는 그야말로 퍼펙트라는 단어가 절로 떠오르게 만들었다.

성진성의 한 번의 실수는 두 번째 경기 양상에도 많은 영향을 미쳤다.

큰 대미지를 입은 성진성. 회복할 수 있는 수단도 없었다.

도백필의 캐릭터는 빠르게 거리를 좁혀 들어왔다.

계속해서 이어지는 공격. 성진성은 속수무책으로 당할 수밖에 없었다.

기어코 마지막 일격을 가하는 도백필.

결국 성진성의 HP는 제로에 달했다.

민영전 캐스터가 승패의 결과를 알렸다.

"GG! 성진성 선수! 도백필 선수를 상대로 아쉬운 패배를 기록합니다!"

대다수는 예상했던 결과였다는 반응을 보였다.

경기가 마무리된 후.

"……."

성진성은 고개를 들 수 없었다.

자신의 무기력함에 화가 났다.

쾅!

책상을 내려쳤다.

그럼에도 분은 풀리지 않았다.

좀 더 높은 곳으로 올라갈 수 있었는데.

하나 성진성의 행보는 여기까지였다.

제24장
철저한 준비

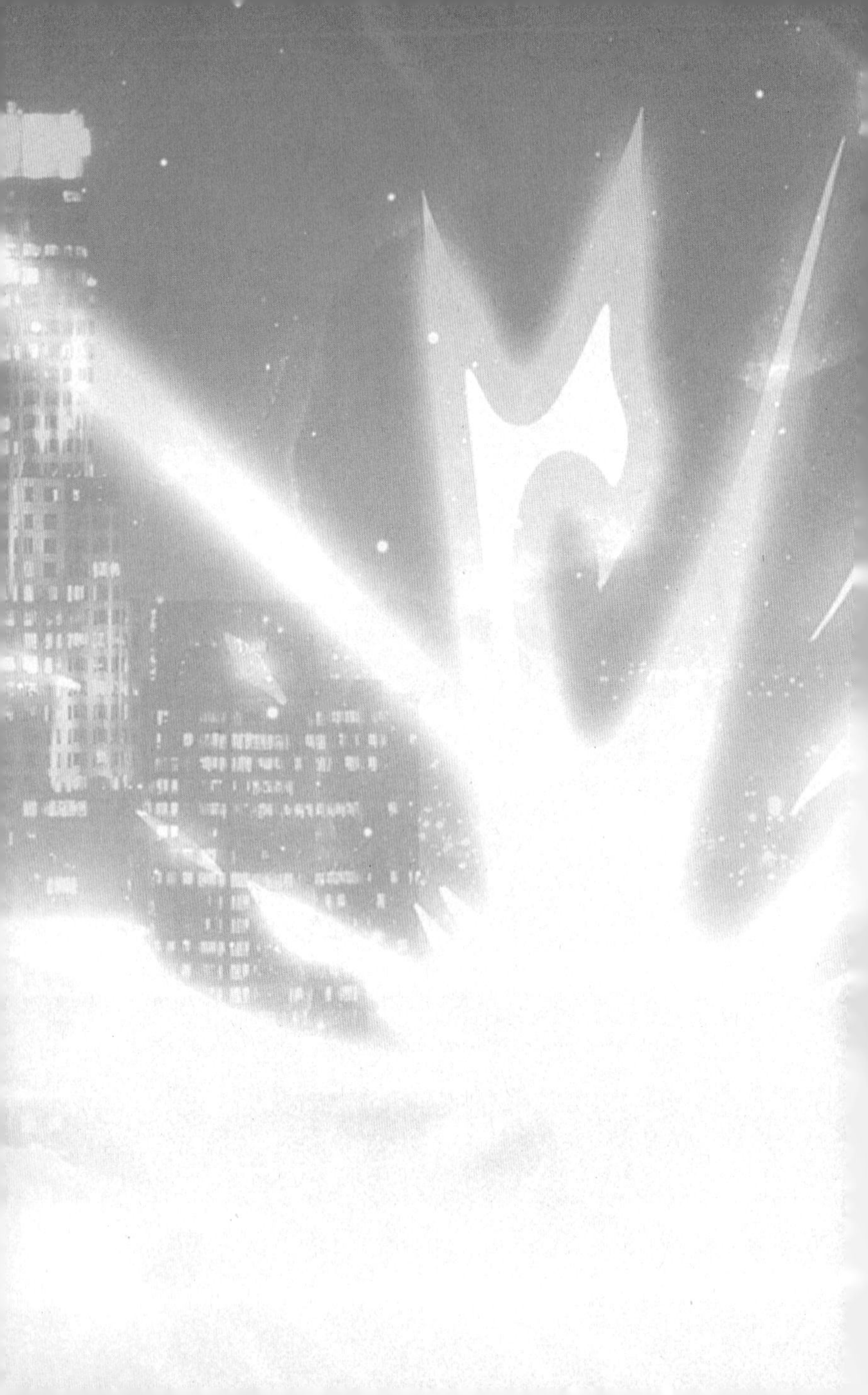

대기실로 돌아오는 성진성.

무대 위에서는 도백필이 승자 인터뷰를 진행하고 있었다.

그가 한마디, 한마디 할 때마다 팬들은 열화와 같은 성원을
보내왔다.

성진성은 잠시 걸음을 멈췄다.

오진석 코치가 고개를 갸우뚱했다.

"왜 그러냐, 진성아."

"아니요. 그냥……"

도백필이 무슨 이야기를 하는지 듣고 싶어졌다.

허태균 감독은 오진석 코치에게 눈치를 줬다.

허 감독은 성진성의 의도가 무엇인지 정확히 간파했다.

솔직히 오진석 코치는 그냥 성진성을 대기실로 데리고 가고 싶었다. 성진성은 패배했다. 그 상황에서 승자의 여유 있는 인터뷰를 듣는 건 멘탈 부분에 있어서 많은 타격을 입을 거 같았다.

그러나 허태균 감독의 생각은 달랐다.

성진성은 들어두고 싶은 거다.

자신을 이긴 상대가 어떤 식으로 승자의 기분을 표현할지.

그리고.

지금의 이 감정을 되새기면서 성진성은 승자와 패자의 입장이 어떤지 확실하게 이해할 것이다.

승자가 되고 싶다는 욕심이 더욱 솟구쳐 올랐다.

성진성은… 한 단계 더 강해질 것이다.

*　　　　*　　　　*

대기실로 돌아온 성진성을 향해 강민허가 짧게 말을 건넸다.

"고생했어, 형."

"미안하다. 네가 날 많이 도와줬는데, 한 세트도 못 따내고 그대로 패배했으니……."

"뭐, 어쩌겠어. 게임이라는 것이 매번 이긴다는 보장도 없고. 2 대 0으로 질 수도 있지. 반대로 형이 이길 수도 있고."

"…그러냐."

성진성은 깊게 한숨을 내쉬었다.

도백필을 뒤쫓기 위해 열심히 달려봤지만, 그는 무리였다.

앞서기 위해서 한 가지 강력한 무기가 필요했다.

재능.

그러나 성진성은 재능을 가지고 있지 못했다.

하나 눈앞에 있는 동생은 달랐다.

강민허. 그는 재능을 가지고 있다.

"민허야."

"어."

"나 대신 도백필 선수, 꼭 이겨줘라."

강민허는 말없이 엄지를 추켜올렸다.

"두말하면 잔소리지."

*   *   *

이렇게 해서 8강의 모든 경기가 마무리되었다.

ESA 팀은 오랜만에 개인 리그에서 4강 진출자를 배출할 수 있게 되었다. 성진성이 도백필을 꺾었더라면 더할 나위 없이 좋았을 테지만, 사실 허태균 감독과 코치진은 그럴 확률은 거의 없다고 보고 있었다.

강민허의 진출은 이미 예상했었다. 팀 내에선 강민허의 4강 진출을 꽤나 유력하게 보고 있었다.

어찌 보면 코치진들의 예상이 정확하게 맞아떨어진 셈이었다.

8강 경기가 끝나자마자 허태균 감독과 오진석 코치, 그리고 강민허와 성진성은 대전에서 작은 회식을 가졌다.

오진석 코치는 운전을 해야 했기에 술을 마시진 않았다. 대신, 허태균 감독이 성진성과 술잔을 나누며 어울려 줬다.

"조금만 더 하면 이길 수 있었던 거 같은데……! 감독님! 감독니이임!!! 정말 죄송합니다아!!!"

"괜찮아, 괜찮아. 넌 최선을 다했어! 도백필 선수를 상대로 그 정도 기량을 뿜낼 수 있는 선수는 흔치 않아!"

허태균 감독은 성진성을 위로해 주기 위해 마음에도 없는 소리를 하는 게 아니었다.

진심에서 우러나오는 말이었다.

보통 도백필과 마주하게 되면 제대로 실력도 못 내고 어버 버거리다가 순식간에 2 대 0으로 탈락당하는 선수들이 많은 편이었다.

그나마 성진성은 반격이라도 날렸으니 정말 잘한 축에 속했다.

성진성은 비록 처음에는 준프로 자격으로 ESA에 입단했지만, 갈수록 그 출중한 능력을 보여줬다.

이제 실력만 놓고 본다면 ESA 팀 내에서는 충분히 상위권에 들 만했다.

실제로 강민허를 제외하고 ESA에서 개인 리그 8강에 오른 선수는 오로지 성진성 선수 한 명뿐이었다.

이미 실력은 검증되었다.

그러나 문제가 있었다.

이런 성진성조차도 도백필을 이기지 못했다.

강민허. 과연 그가 도백필에게 죽창을 선사할 수 있을까?

허태균 감독의 머릿속에 이런 의구심이 마구 피어올랐다.

그러나 정작 당사자인 강민허는 태연하기 그지없었다.

앞으로 강민허가 맞붙어야 할 상대일지도 모른다. 도백필의 강함을 충분히 현장에서 봤었을 텐데도 강민허는 평소와 다를 바 없는 모습을 보였다.

압박감이라는 걸 전혀 느끼지 않았다.

'하여튼 대단한 녀석이야.'

허태균 감독은 속으로 작은 웃음을 삼켰다.

하기야. 강민허는 트라이얼 파이트 7으로 세계 대회까지 나가서 우승을 거머쥔 경력을 지니고 있었다. 이 정도 부담감은 강민허에겐 우스울 것이다.

잔뜩 술에 취해 곯아떨어진 성진성을 허태균 감독과 강민허가 부축을 하면서 차 안에 던지다시피 놓았다.

운전대를 잡은 오진석 코치 곁에 허태균 감독이. 그리고 뒤에는 강민허가 자리 잡았다.

허태균 감독이 뒤를 돌아보며 말했다.

"고생했다, 민허야."

"고생이랄 게 있었나요?"

"오늘 경기 치렀잖아. 그것만으로도 충분히 고생한 거지. 안 그러냐."

"8강은 저한텐 결승으로 향하는 과정일 뿐이에요. 큰 고생을 한 것도 없어요."

"너란 녀석은… 여하튼 푹 쉬고 있어라. 서울 도착할 때즈음에 깨워줄 테니까."

"네, 알겠습니다. 그럼 눈 좀 붙일게요."

이미 곯아떨어진 성진성에 이어 강민허도 잠을 청하기로 했다.

이들이 탄 차량은 고속도로에 진입했다.

오진석 코치가 넌지시 말을 건넸다.

"도백필 선수, 엄청 강하던데요."

"그러게."

"우리 민허가 도 선수를 이길 수 있을까요?"

"글쎄다. 그 전에 일단 결승부터 진출하고 봐야지."

"하긴, 그렇죠."

대진으로 따지면, 도백필과 강민허는 결승에서밖에 만날 수 없는 구조로 되어 있었다.

오늘로서 4강 진출자 네 명이 가려졌다.

ESA의 강민허.

이레이져 나인의 도백필.

리븐 타이거즈의 최명철.

마지막으로 나이트메어의 장지석까지.

강민허와 4강에서 맞붙게 될 선수는 나이트메어의 장지석이었다.

"하필이면 장지석 선수라니."

허태균 감독은 한숨을 깊게 내쉬었다.

도중에 오진석 코치는 허태균 감독의 고뇌에 관해서 물었다.

"문제될 거라도 있나요?"

"나이트메어는 민허의 정보를 많이 가지고 있어. 민허랑 친하게 지내는 아가씨 있잖아. 이름이 뭐였더라? 갑자기 기억이 안 나네."

"서예나 선수요?"

"어. 비록 서예나 선수가 민허한테 지긴 했지만, 민허에 대한 정보는 많이 가지고 있어. 평소에도 민허랑 자주 어울려서 게임하고 그랬으니까. 그리고 그쪽에는 서예나 선수를 제외하고도 민허와 PvP 대전을 펼쳤던 경험을 지닌 선수들이 꽤 있는 편이지. 이미 민허에 관한 정보는 저쪽에서 전부 다 꿰뚫고 있을 거야. 그게 좀 걸리네."

오로지 선수들의 피지컬, 그리고 재능에 의해 경기가 좌지우지되는 건 아니다.

정보 싸움도 그에 못지않게 중요하다.

강민허에 관한 정보가 나이트메어 팀 쪽에는 많이 넘어가 있는 상태였다. 반면, ESA는 장지석에 관한 깊은 정보를 알진 못했다.

표면적으로 나타난 정보들만 알고 있을 뿐.

정보의 차이. 그게 문제였다.

이 차이를 극복하기 위해서라도 코치진 역시 노력을 기울일 필요가 있었다.

운전대를 잡은 오진석 코치의 손에 힘이 들어갔다.

"올라가면 바로 전략 분석, 자료 수집 들어가야겠네요."

"네가 나 코치랑 고생 좀 해줘야겠다."

"고생이라니요. 해야 할 일을 하는 것뿐인데요. 그보다 감독님도 눈 좀 붙여두세요. 어제부터 제대로 잠도 못 주무셨잖아요?"

"아니다. 나까지 자면 큰일이지. 운전하는 사람에 대한 매너가 아니니까."

그렇게 감독과 코치의 잡담은 서울에 도착할 때까지 계속 이어졌다.

*   *   *

다음 날 오전.

눈을 뜨자마자 강민허는 스마트폰 액정 화면을 바라봤다.

그곳에는 어제 미처 확인하지 못했단 문자메시지들이 강민허의 확인을 단체로 기다리듯 줄을 서고 있었다.

어제 확인한다 했지만, 너무 많아서 오늘 일을 내일로 미루고 만 것이다.

쓴웃음이 절로 나왔다.

내용은 안 봐도 뻔했다.

4강 진출 축하 내용이었다.

일일이 한 명씩 다 답장을 보내는 것도 고역이었다.

눈을 뜬 건 오전 11시였지만, 침대에서 벗어날 수 있었던 시각은 11시 40분이었다.

40분간 스마트폰을 붙잡고 답장을 일일이 다 보내는 데에 성공한 강민허.

무거운 한숨을 내쉬면서 방을 나섰다.

팀원 중 20% 정도만 일어나 있었다. 원래 ESA 팀원들은 야행성이 더 많다. 지금 이 시간에는 한창 자고 있거나, 슬슬 일어나거나. 둘 중 하나밖에 없다.

강민허는 후자에 속했다.

그는 저녁에 개인 방송을 하기 때문에 대부분 연습은 일찍 일어나서 방송 시간 전까지 한다. 그래서 본의 아니게 생활 패턴이 바른 생활 청년으로 맞춰져 있었다.

의도한 건 아니었지만, 아무렴 어떠랴. 과정이 어떻든 간에 결과만 좋으면 만사 오케이다.

가볍게 몸을 풀고 화장실에 들어가 세수를 마쳤다.

때마침 거실로 나온 나선형 코치가 강민허에게 축하 인사를 건넸다.

"4강 진출 축하한다, 민허야. 어제 바빠서 네 얼굴도 못 봤네. 미안하다."

"괜찮아요. 코치님 바쁘신 거야 여기 있는 사람들이라면 다 아는 거니까요."

"이해해 줘서 고맙다. 그보다 4강 경기, 슬슬 대비해야지. 상대 선수가 누군지는 알지?"

"그럼요."

나이트메어의 장지석 선수.

도백필 못지않게 높은 커리어를 자랑하는 선수 중 한 명이다.

개인 리그 우승 경험만 2번을 가지고 있다. 4강 진출 경험은 두 자리 수에 달할 정도로 엄청난 커리어를 가진 선수라 할 수 있었다.

더불어 팬도 많다.

강민허도 팬이 많은 축에 속하지만, 장지석 선수도 그만큼 팬이 많은 선수였다.

그럴 수밖에 없었다. 장지석은 오랫동안 꾸준히 활동하면서 성적도 일정 이상은 계속 내오고 있었다.

슬럼프 없이 꾸준하게 성적을 거둬주는 선수. 감독으로선 정말 탐이 안 날래야 안 날 수가 없는 선수다.

그런 장지석 선수와 강민허 선수가 개인 리그 4강이라는 높은 자리에서 격돌하게 되었다.

제아무리 강민허라 하더라도 긴장하지 않을 수가 없었다.

나선형 코치가 강민허에게 잠시만 기다려 보라는 말을 남긴 채 자리를 떴다.

이윽고 1분도 채 지나지 않은 시간에 모습을 다시 드러낸 나선형 코치.

그의 손에는 USB 파일이 하나 들려 있었다.

"이게 뭔가요?"

"장지석 선수에 관한 정보. 경기 녹음 파일도 다 들어 있어. 필요하다면 리플레이로 보면서 연구해 봐라."

"이런 것도 가지고 있었어요?"

"장지석 선수는 커리어가 많은 만큼, 공식적으로 자료도 많이 남아 있어. 모으기도 쉬운 편이고. 이 정도도 못한다는 건 말이 안 되지. 그건 코치진이 일을 안 한다는 거나 마찬가지인 거야."

"흐음, 그렇군요."

강민허는 로인 이스 온라인의 세계에 들어온 지 얼마 안 돼서 선수들에 대한 정보가 많지 않은 편이었다.

나선형 코치나 오진석 코치, 허태균 감독은 강민허의 그런 부족한 면을 보조해 주는 역할을 톡톡히 하고 있었다.

이래서 코치진이 필요하다.

정보 수집은 굉장히 중요하다.

"고맙습니다, 코치님. 자료, 잘 사용할게요."

"이번에도 기가 막힌 작전으로 부탁하마."

"걱정하지 마세요."

강민허는 이들의 기대에 충분히 부응할 자신이 있었다.

장지석에 관련된 정보를 눈으로 쭉 훑는 강민허.

오늘은 로인 이스 온라인에 접속하지 않고 장지석의 경기 영상을 하루 종일 모니터링하는 데에 치중했다.

장지석은 대검을 휘두르는 전사 클래스 계열의 캐릭터를 주로 사용한다.

아니, 오로지 이것뿐이었다.

강민허가 장지석의 영상을 다 훑어보고 난 뒤에 내뱉은 소감은 한마디로 표현하기에 충분했다.

"상남자네."

그야말로 상남자 스타일이었다.

캐릭터가 맞든 안 맞든. 그냥 무조건 돌격해서 상대방에게 대검 공격 한 방을 휘두르는. 그런 무식한 전략을 사용한다.

아니, 전략이라고 부를 수 있을까.

그냥 달려가서 때리고. 맞는 데도 뛰어가서 때리고. 이게 다다.

정말 간단한 상대였다.

패턴도 단순했다.

문제는 이런 스타일로 여태껏 고승률을 유지해 왔다는 게 참으로 대단할 뿐이었다.

그러나 플레이 스타일과 다르게 장지석의 외형은 상남자와 거리가 멀었다.

빼빼 마른 타입. 키는 170센티에 육박하는데도 몸무게는 50키로가 될까 말까 할 정도로 거의 뼈밖에 없는 마른 체형의 남자였다.

그러나 플레이 스타일은 상남자다.

언밸런스한 플레이어였다.

'뭐, 외형 가지고 상대방을 평가하는 건 안 될 일이니까.'

이런 생각은 접어두기로 했다.

그것보다 장지석의 이 스타일을 어떻게 이용할지. 이것부터 생각을 해야 했다.

공격 방식이 단순하다 보니 파훼법도 의외로 간단하게 떠올릴 수 있었다.

장지석이 구사하는 전투 스타일의 가장 큰 약점이 있었다.

바로 이동속도와 공격 속도가 느리다는 점이었다.

이것을 이용하면 어렵지 않게 장지석을 공략할 수 있을 것 같았다.

강민허의 주특기는 빠른 공속, 그리고 콤보 연계다.

장지석의 대검 공격이 강민허에게 적중할 리 없었다.

하지만 뭔가 꺼림칙했다.

"이속과 공속 위주의 전투 스타일을 펼치는 선수들은 나 말고 더 있었을 텐데. 그럼 그 사람들은 어떻게 상대한 거지?"

이걸 파악해 내야 한다.

도적, 격투가 클래스와 대결했을 때의 영상들을 따로 추출해 플레이했다.

민영전 캐스터의 목소리가 경기 시작을 알림과 동시에 게임 플레이 화면이 재생되었다.

옵저버 관점에서 펼쳐지는 플레이 영상이었다.

상대는 도적 클래스. 빠른 공속과 이속을 주 무기로 삼는 클래스다. 강민허의 격투가 클래스보다도 더 빠른 몸놀림이 가장 큰 장점이었다.

도적 캐릭터는 역시나 빠르게 움직이면서 장지석을 농락했다.

장지석은 대검을 휘둘렀다. 가볍게 공격을 피한 도적 캐릭터. 그다음, 빈틈이 생긴 찰나를 노려 연계 공격을 펼쳤다.

장지석의 HP가 크게 하락했다.

그러나 이내 장지석의 HP는 다시 빠른 속도로 회복되었다.

장지석의 캐릭터가 지닌 직업은 '광전사'다.

광전사 스킬 중에는 '격노'와 '아드레날린 분출'이라는 게 있었다.

격노는 대미지를 맞으면 맞을수록 공격력이 올라가는 패시브 스킬이다. 아드레날린 분출은 회복 스킬로, 받은 대미지의 30% 정도의 피해를 빠른 속도로 회복한다.

이 두 가지 스킬을 통해 장지석은 공격력과 HP를 수급했다.

여기서부터가 본게임의 시작이었다.

장진석의 광전사 캐릭터는 다시 경기장 한가운데로 천천히 이동했다.

도적에 비해 움직임이 비교되어 상대적으로 움직임이 느려 보이는 효과도 있지만, 애초에 광전사라는 클래스 자체가 이동속도가 느린 편에 속했다. 그러다 보니 장진석의 광전사는 마치 슬로우 모션 촬영을 하듯 천천히, 아주 천천히 움직이는 것처럼 보였다.

보는 이로 하여금 답답함을 유발시킬 정도로 천천히 움직였다. 만약 강민허였더라면, 스트레스 받아서 몸져누웠을지도 몰랐다.

'잘도 이런 직업을 가지고 플레이하네.'

광전사는 격투가와 같이 희귀 직업 중 하나였다.

희귀 직업이 좋은 의미에서 희귀로 분류되는 게 아니었다. 사람들이 많이 안 해서 찾아보기 힘든 클래스를 빗대어 희귀 직업이라고 표현한 것에 불과했다.

결국, 좋다는 뜻이 아니었다.

광전사를 다루는 선수들의 영상을 찾아보는 것도 굉장히 어려운 일이었다.

그러니 장지석의 경기 영상에 더욱 몰입해야 했다.

공격력이 기하급수적으로 상승한 광전사.

점점 도적에게 압박을 가하듯 앞으로 성큼성큼 나아갔다.

구석으로 몰리면 안 된다는 사실을 잘 아는 도적 캐릭터는 교묘하게 빠져나가기 위해 움직임을 개시했다.

바로 그 순간.

후웅!

광전사의 대검이 정확히 도적을 노렸다!

중계진들의 탄식이 들려왔다.

"장지석 선수!!! 처음으로 유효타를 날렸습니다!"

"안 그래도 도적 클래스는 방어도가 낮아요! 그 와중에 광전사는 근접 최강의 공격력을 지니고 있고요! 이거, 위험합니다!"

"HP가 쭉 떨어지고 있습니다! 순식간에 3분의 2에 달하는 HP가 날아갔어요! 장지석 선수, 굉장합니다! 굉장해요!"

여태껏 수세에 몰려 있던 경기 흐름을 한 번의 공격으로 완전히 뒤바꿔 버렸다.

그야말로 화끈함 그 자체였다.

팬들은 열광했다. 이런 경기를 원했다. 지켜보는 내내 일방적으로 당하고 있다가 갑자기 한 방 역전이라니!

반면, 도적을 다루는 선수의 얼굴에는 식은땀이 주룩 흘러내렸다.

당황하는 눈빛. 그 심정, 강민허도 충분히 이해했다.

'본인이 우세였을 거라고 생각했을 텐데. 한 방에 경기가 뒤집혀지니 당황스러울 테지.'

여기서 이 압박감, 당혹감을 얼마만큼 잘 견디고 넘기느냐. 여기서 승패가 결정된다.

도적을 다루는 선수는 압박감을 넘어서질 못했다.

컨트롤이 꼬인 틈을 노려 장지석은 다시 한번 대검을 휘둘렀다.

단 두 방에 아웃.

장지석은 한 손을 불끈 쥐었다.

이것이 개인 리그 결승 다섯 번째 경기. 마지막 판의 내용이었다.

이렇게 해서 장지석은 개인 리그 통산 두 번째 우승을 달성하게 된다.

"팬이 많은 게 이해가 되네."

만약 이때 도백필이 개인 리그에 참가했더라면, 과연 어떻게 되었을까.

강민허는 내심 그게 궁금해졌다.

그러나 역사에 '만약'이라는 단어는 없다. 결과는 이미 나왔고, 장지석은 4강에서 강민허의 앞을 가로막는 대전 상대로 확정되었다.

"머리 좀 써야겠어."

오늘따라 강민허의 머릿속은 복잡했다.

$$* \qquad * \qquad *$$

머릿속이 복잡한 건 비단 강민허뿐만이 아니었다.

"예나야."

"네, 선배. 무슨 일이에요?"

나이트메어 숙소.

서예나가 장지석의 부름에 바로 반응했다.

"강민허에 관해서 괜찮은 자료 같은 거, 있어?"

"넘겨 드리지 않았나요?"

"아니, 이거 말고. 좀 더 도움이 될 만한 걸로."

"그 자료들은 도움이 안 돼요?"

"어. 안 될 거야. 아마도."

장지석은 단호하게 답했다.

그가 왜 이런 말을 하는지. 서예나는 이해할 수 없었다.

애초에 강민허의 공식 경기 자료는 많지 않다. 안 그래도 없는 자료인데, 이 자료라도 계속 리플레이해서 돌려 보고 돌려 봐야 강민허의 스타일을 분석할 수 있지 않겠나.

정보 수집, 자료 조사는 경기에 있어서 얼마나 많은 중요도를 가지는지 장지석도 잘 안다.

그러나 강민허에게는 예외였다.

"어차피 강민허 선수는 상대방의 플레이에 맞춰서 전략과 스타일을 만들어 와. 기존의 자료는 아무것도 도움이 안 될 거야."

장지석이 본 강민허의 가장 큰 강점은 바로 변수다.

변수를 두기 위해선 본인이 굉장히 유동적인 플레이를 선보여야 한다.

변화무쌍한 플레이 스타일. 그것이 강민허의 주특기다.

카멜레온 같은 강민허가 경기 당일에 무슨 색을 꾸릴지. 미리 맞추는 건 무리다. 장지석의 고민이 바로 이거다.

강민허의 스타일을 분석할 수 없다는 점.

그래서 강민허와 사적으로 친한 서예나에게 좀 더 괜찮은 정보가 있는지 묻고자 그녀를 불렀다.

그러나 그녀는 고개를 가로저었다.

"알려 드린 건 거기에 있는 USB 파일 자료가 전부예요."

"흠… 그러냐."

"미안해요, 선배. 저도 알려주고 싶은데, 강민허 녀석. 워낙 이상한 녀석이다 보니 저도 도통 감을 잡을 수가 없어요."

"하긴. 네가 감을 잡을 만한 상대였다면, 4강에서 나랑 붙는 건 강민허가 아니라 너였겠지."

"그것도 그러네요."

서로가 서로에게 고민이 많이 느껴지는 시간이었다.

강민허는 장지석의 명확한 플레이 스타일 때문에 고민이었고, 반대로 장지석은 강민허의 변화무쌍한 플레이 스타일 때문에 고민이었다.

경기에 들어가기에 앞서 선수들은 이렇게 서로가 서로를 분석하려고 하는 두뇌 싸움에 먼저 들어간다.

이 두뇌 싸움에서 우위를 점하는 자가 승리를 쟁취할 가능성이 훨씬 높아진다.

한창 고민에 휩싸일 무렵.

나이트메어 코치진 중 한 명이 장지석을 찾았다.

"지석아. 내일, 잠깐 시간 되냐?"

"시간이야 널찍하죠. 무슨 일이신가요? 코치님."

"촬영 가자고. 더불어 인터뷰도."

"촬영? 인터뷰?"

"이번에 개인 리그 열리는 것 때문에. 4강 오프닝 영상 따로 만든다고 방송국 측에서 선수들에게 시간 좀 내달래. 어차피 지금 당장 4강 경기 시작하는 것도 아니잖아? 2주 뒤에 열릴 건데. 시간도 많으니까 하루 정도는 내달라고 그러더라."

"거절할 수 없는 제안이군요."

퀄리티 높은 오프닝 영상을 위해서라도 선수 본인이 직접 참여하는 게 좋다.

그나저나 장지석은 좀 의외였다.

"근데 원래는 4강 오프닝을 따로 만들거나 그러지 않았던 걸로 기억하는데… 대충 오프닝 영상 짜집기해서 만들거나 그러지 않았나요?"

"TGP가 이번에는 개인 리그에 힘 좀 주고 싶은가 봐. 요즘 대형 스폰서들이 로인 이스 온라인 리그에 많은 관심을 보이고 있다던데. 그것 때문에 일부러 보여주기식을 하려고 그러는 것일지도 모르지. 아무튼 뭐, 선수들 경기에 영향을 미치지 않는 선에서 촬영 일정을 짜뒀다고 하니까 그리 알아둬라."

"알겠습니다."

"인터뷰도 같이 진행할 거니까 미리 숙지해 두고. 넌 경험 많으니까 굳이 크게 신경은 안 쓰마."

"예. 아, 코치님. 근데 촬영은 선수 4명이 다 모여서 같이하는 겁니까?"

"어. 일단 그렇게 예정되어 있어. 인터뷰는 따로 할 테고."

"알겠습니다."

장지석은 사석에서 강민허를 만난 적이 아직 단 한 차례도 없었다.

그래서일까. 도백필보다 강민허와의 만남이 더 기대되었다.

*   *   *

4강 전용 오프닝 촬영 일정 소식은 ESA에도 전해진 상태였다.

강민허는 개인 리그 오프닝 촬영도 한 번 겪었었다. 뿐만 아니라 TGP에서 진행하는 프로그램에도 자주 얼굴을 내비친 적이 있었다.

카메라에 관한 내성은 이미 충분했다.

그보다 신경이 쓰이는 건, 4강 경기 시작 전에 4명의 선수가 한 자리에 모이게 된다는 점이었다.

그것이 큰 영향을 미치진 않을 것이다. 그러나 반대로 말하면, 전혀 영향을 안 끼친다는 보장도 없었다.

오진석 코치는 그런 강민허의 심정을 잘 간파했다.

"어떻게 할 거냐. 가기 싫으면 안 간다고 해도 돼. 대충 영상 짜깁기하면 될 테니까."

"그러면 저만 이상하게 나올 거잖아요."

"그건 선수 본인이 감수해야 할 일이겠지. 그럼 가는 쪽으로 일정 잡아둔다?"

강민허는 고개를 크게 끄덕였다.

"네, 상관없어요. 그리고 원래 저, 껄끄러운 일이 있으면 회피보다는 정면 돌파를 택하는 남자예요. 물론 오프닝 촬영이 껄끄러운 일은 아니지만… 아무튼 대충 제가 이런 스타일의 남자다! 라는 것만 잘 알아주시면 감사하겠습니다."

"알고 있다, 녀석아."

오진석 코치는 헛웃음을 내뱉었다.

강민허는 재능, 그리고 자신감 빼면 시체다.

여기서 그걸 모르는 이는 아무도 없었다.

4강 오프닝 촬영을 위해 한자리에 모이게 된 4명의 선수들.

원래는 허태균 감독도 강민허와 함께 이곳에 오기로 했었지만, 갑자기 급한 미팅이 생긴 관계로 허태균 감독은 자리를 비우게 되었다.

오진석 코치와 강민허. 두 사람이 촬영장을 찾았다.

개인 리그 오프닝 촬영이 펼쳐졌던 곳과 동일했기에 낯설진 않았다.

강민허보다 먼저 촬영장에 도착해 있던 사람은 4강에서 강민허와 맞붙게 된 남자, 나이트메어의 장지석이었다.

"처음 뵙겠습니다. 장지석입니다."

"강민허입니다. 만나서 반가워요."

장지석이 먼저 강민허에게 인사를 건네 왔다.

서로의 모습은 TV, 인터넷 관련 자료들을 통해 여러 차례 접했었다. 그러나 이렇게 직접 대면하는 건 처음이었다.

첫 인사. 장지석은 경력이 많은 선배 프로게이머답게 강민허와 침착하게 인사를 주고받았다.

강민허 역시 비교적 여유로운 태도를 취했다.

비록 경력상으로는 강민허가 장지석보다 짧을지언정, 커리어로는 결코 뒤지지 않는다.

강민허는 트라이얼 파이트 7에서 범접할 수 없는 업적을 달성한 프로게이머다. 물론 로인 이스 온라인에서는 거의 초짜나 다를 바 없었지만, 그래도 처음 데뷔한 2부 리그에서 우승을 하는 기염을 토해냈다.

장지석은 그런 강민허의 능력을 높게 샀다.

정확히 말하자면 재능이었다.

그는 확실히 재능 넘치는 게이머다.

노력으로 극복할 수 없는 재능의 벽. 장지석은 재능을 가진 프로게이머의 무서움을 누구보다도 잘 안다.

재능을 지닌 또 한 명의 프로게이머와 맞서봤기에 잘 안다.

바로 4강 멤버 중 한 명인 도백필.

그가 때마침 강민허와 장지석이 서로 첫인사를 주고받을 때, 촬영장에 모습을 드러냈다.

기가 막힌 타이밍이었다.

"음? 제가 마지막입니까?"

"아직 최명철 선수가 안 왔습니다."

장지석이 대표로 답했다.

리븐 타이거즈의 최명철까지 오면 촬영 멤버는 전부 다 출석하는 셈이었다.

차가 많이 막히는 모양인지 최명철은 10분 정도 늦을 거라는 연락이 왔었다.

10분간의 여유 시간을 가지게 된 세 명의 프로게이머.

스태프들은 4강 촬영을 위해 준비에 한창이었다.

선수들과 함께 온 코치진들은 그간의 정황을 주고받으며 나름의 대화의 장을 열었다.

선수들에 비해 코치진들은 비교적 높은 친분을 과시했다.

이들은 선수들에 비해 타 팀들끼리 서로 얼굴이나 목소리를 들을 일이 많았다. 그래서 코치진들끼리는 대부분 친했다.

가끔 사석에서 만나는 관계를 지닌 코치들도 있었지만, 일부러 시간을 내기는 좀 어려웠다. 리그 준비니 선수 관리니, 그리고 스폰서나 업체 미팅에도 자주 불려 나가기 때문에 술자리 한 번 가지는 것도 힘들다.

그래서 가끔 이렇게 타 팀 선수들과 함께 촬영을 하거나 인터뷰를 하거나, 혹은 경기를 하는 자리에서 서로 이야기를 나누곤 했다.

어찌 보면 정보 교류도 할 수 있는 그런 만남의 장이 되기 때문에 이런 과정은 굉장히 중요하다.

물론, 팀의 기밀을 함부로 흘리는 건 좋지 않다. 그것에 주의를 하면서 대화를 이끌어 가면 된다.

선수들이 있는 쪽은 비교적 조용했다.

딱히 할 말이 없었다. 곧 있으면 서로 적이 될 관계다. 군이 여기서 이야기꽃을 피워봤자 도움이 될 만한 건 아무것도 없었다. 그걸 잘 알기에 세 남자는 일부러 말을 아꼈다.

그러나 강민허는 이 분위기를 별로 좋아하지 않았다.

이들은 촬영을 하기 위해 여기에 온 것이다. 경기를 하기 위해 온 게 아니었다.

"도백필 선수는 요즘 어떻게 지내나요?"

먼저 도백필의 근황을 묻기로 한 강민허.

대답은 뻔했다.

"바쁘게 지내고 있죠. 4강 준비하느라요."

"아하. 그렇군요."

"그러는 강민허 선수도 저와 마찬가지 아닙니까? 4강 준비하느라 정신이 없을 텐데."

"정신없죠. 장지석 선수가 워낙 빈틈이 없는 선수다 보니 공략법을 찾아내기가 여간 쉬운 게 아니더라고요."

장지석이 있는 자리에서 공략법 이야기를 하다니.

그러나 장지석은 표정 변화 하나 보이지 않은 채 대화에 자연스럽게 녹아들었다.

"전 빈틈이 많은 선수입니다. 이속도 느리고, 공속도 느리고. 세간에는 저를 샌드백이라 부르더군요."

"하지만 무서운 한 방을 숨기고 있는 샌드백이지요. 샌드백인 척하는 오뚝이라는 표현이 더 어울리지 않을까요. 넘어진 척, 수세에 몰린 척하지만, 순식간에 튀어 올라서 상대방에게 일격을 가하는… 제가 보기엔 딱 그런 스타일이던데요."

"오호."

장지석은 흥미롭다는 듯이 강민허를 바라봤다.

정확하다.

확실히 장지석은 움직임도 느리고, 공격 속도도 느리다. 초반에는 그냥 맞는 게 장지석의 일이다.

그러나 대부분의 경기는 장지석의 승리로 끝났다.

초반에 계속 수세에 몰리다 보니 상대방은 근거 없는 자신감에 사로잡히게 된다.

내가 이기겠다.

내가 이길 수 있다.

내가 이긴다!

그러나 그건 곧 방심을 낳는 꼴이 된다.

처음에는 조심성 있는 플레이를 보이다가 나중에 가면 어차피 상대방은 반격 못하는 샌드백 캐릭터에 불과하다는 사실을 알고서 적극적으로 공격을 하기 시작한다.

자신이 늪에 빠져들지도 모르고 말이다.

뒤돌아보면 이미 장지석의 사정 범위에 들어 있었다.

거기서부터 경기는 끝난 셈이었다.

장지석의 플레이는 무식해 보일지도 모르지만, 강민허는 생각이 많이 달랐다.

"그 어떤 경기보다도 치열한 심리전이 밑바탕으로 깔려 있지요. 저는 그렇게 생각했습니다만."

사람들은 말한다. 장지석의 플레이가 단순하다고.

그러나 장지석만큼 복잡한 플레이가 없었다. 적어도 강민허는 로인 이스 온라인 프로게이머로 활동하면서 장지석 같은 까다로운 상대를 만나본 적이 없었다.

어쩌면.

4강에서 강민허가 질 수 있을지도 모른다. 이런 생각이 들 정도였다.

그러나 장지석은 다시 한번 자신을 낮췄다.

"오해입니다. 저는 그냥 할 줄 아는 게 맞고, 때리는 거밖에 없어요. 그래서 그런 플레이밖에 못 하는 바보입니다."

"자기 자신을 너무 낮추시는군요."

"실제로 그러니까요."

"……."

강민허의 눈이 가늘어졌다.

연기를 하는 거다. 강민허는 금세 그것을 꿰뚫어 봤다.

샌드백인 척, 약한 척. 그렇게 해서 상대방의 방심을 유도한다. 장지석의 특기 중 하나다.

그게 설마 사석에서 펼쳐질 줄은 몰랐다.

한편. 도백필은 이미 장지석이 어떤 스타일인지 전부 다 알고 있었다. 그래서 강민허의 빠른 분석에 속으로 놀라움을 삼켰다.

'굉장하군. 처음 장지석 선수를 접하는 대부분의 프로게이머들은 속아 넘어가기 일쑤인데. 강민허, 저 사람은 달라.'

장지석이라는 선수의 본질을 꿰뚫었다.

장지석의 표정이 굳어졌다.

그러나 애써 티를 내지 않기 위해 다시 표정 관리에 들어갔다.

좀 더 대화를 이어나가려던 찰나였다.

"늦어서 죄송합니다!"

리븐 타이거즈 측 인원이 도착했다.

촬영감독은 이들의 도착 사실을 확인하자마자 바로 촬영에 들어가자고 목소리를 높였다.

"다들 바쁜 사람들이니까 후딱 끝내도록 합시다. 선수분들은 바로 무대로 올라가 주세요."

"예!"

선수들은 이 순간만을 기다렸다는 듯이 곧장 무대 위로 향했다.

특히 네 명의 선수들 중에서 장지석의 걸음이 가장 빨랐다.

아니, 빠른 게 아니었다.

다급해 보였다.

'강민허에게 한 방 제대로 먹었어……!'

장지석은 그렇게 생각했다.

＊　　　＊　　　＊

촬영이 끝난 후.

선수들의 개인 인터뷰 시간이 할애되었다.

도백필과 최명철의 차례가 끝나자마자, 강민허의 인터뷰가
이어졌다.

PD가 카메라 바깥에서 강민허에게 질문을 하고, 강민허는
카메라 앞에서 대답을 하고. 이런 식으로 진행되는 영상 인터
뷰였다.

가장 먼저 물어볼 건 역시나 4강에서 맞붙게 될 장지석과
의 경기에 대해서였다.

"4강에서 나이트메어의 장지석 선수와 붙게 되었잖아요. 이
길 자신은 있나요?"

"이긴다는 자신감은 누굴 만나든 늘 가지고 있습니다. 설령

도백필 선수라 하더라도요."

강민허의 자신감은 물어봤자 손해다.

대답은 뻔했기 때문이었다.

PD는 멋쩍은 듯 웃었다.

"장지석 선수와의 경기는 어떻게 될 거 같나요? 이길 자신이 있다고 말씀하셨으니, 누가 이길 거 같은지는 넘기도록 하고. 쉽게 가져갈 거 같나요? 예상 스코어 같은 걸로 간단히 대답해 주시면 됩니다."

"음… 글쎄요."

4강 경기부터는 5전 3선승제로 진행된다.

장지석과 최소 3경기, 최대 5경기를 펼쳐야 한다는 부담감이 있었다.

한 경기, 한 경기가 신경 써야 할 게 굉장히 많다. 1경기를 가져오고 말고의 차이가 결승 진출인지, 아닌지를 판가름할 수 있기 때문이다.

강민허는 고민 끝에 답했다.

"쉽지 않을 거 같습니다. 적어도 한 경기는 내주게 될 거 같아요."

"오, 그런가요?"

"네. 그만큼 힘든 경기가 될 거 같네요."

강민허의 입에서 '힘들다'라는 말을 듣기는 정말 쉽지 않다.

그 정도로 장지석이 어려운 상대임을 뜻했다.

사실 강민허의 반응이 지극히 정상이다.

장지석은 누구를 만나든 결코 쉬운 상대가 아니다. 원래는 강민허처럼 말하는 게 일반적이었다.

어느 프로게이머들은 본인의 경기임에도 불구하고 승리를 장담할 수 없다는 말을 하곤 했다. 상대가 장지석이기에 이런 말이 나오는 것이었다.

그러나 강민허는 예외였다.

그냥 본인이 이긴다. 경기 내용이 어렵게 풀리든 쉽게 풀리든 승리는 강민허의 것이다. 그것이 4강 경기에 대한 강민허의 입장 표명이었다.

강민허와 장지석은 4강 경기 중 첫 번째로 경기를 펼치게 될 예정이었다.

이들 다음에 도백필과 최명철이 경기를 펼친다.

준비 기간으로 따진다면, 첫 번째 경기에 임하는 선수들이 더 길다. 그러나 상대방이 누구로 결정될지를 모르기에 준비 기간이 길다고 마냥 유리하진 않다.

PD는 마지막 질문을 꺼냈다.

"장지석 선수에게 한 말씀 해주세요."

"팬들에게 하는 게 아니라요?"

"경기 중간 중간에 이 인터뷰 영상을 틀어놓을 거거든요."

"그러면 진작 말씀해 주셨어야죠. 더 공격적인 발언도 할 수 있었는데."

도발은 강민허의 전매특허였다.

그렇다고 인터뷰를 다 엎을 수도 없는 노릇이었다.

결국 이대로 진행하기로 했다.

강민허가 장지석에게 들려줄 말은 하나뿐이었다.

"결승 진출 티켓은 제가 가져갑니다."

굳이 말을 길게 할 필요는 없었다.

내가 이긴다. 그것만 전달되면 된다.

*　　　　*　　　　*

강민허의 인터뷰가 끝난 뒤. 장지석의 차례가 도래했다.

경기 내용은 어떨 거 같냐는 PD의 질문에 장지석은 강민허와 같은 대답을 들려줬다.

"어렵게 될 거 같습니다."

"의외네요. 장지석 선수는 쉽게 이길 거라고 대답할 줄 알았는데."

"여기 촬영장에 오기 전까지만 하더라도 그렇게 생각했습니다. 하지만 많이 달라졌어요."

강민허는 장지석의 의도를 전부 꿰뚫어 봤다.

사실 장지석은 강민허가 이제 막 로인 이스 온라인에 발을 들여놓은 초짜라고 무시를 했었다.

그러나 생각이 완전히 달라졌다.

"강민허 선수… 어쩌면 그 선수가 도백필 선수보다 더 까다로운 상대가 될지도 모르겠어요."

침을 꿀꺽 삼키며 말하는 장지석.

무엇이 그를 이토록 두려움에 떨게 만드는 걸까.

촬영을 마치고 돌아온 강민허는 곧바로 장지석 공략 작전에 돌입했다.

고민해 본 결과.

답은 하나밖에 없었다.

코치진들과의 전략 회의 당시, 강민허는 이렇게 말했다.

"그냥 피지컬 싸움으로 가야 할 거 같아요."

"그 말은……."

오진석 코치가 말을 잇기 전에 나선형 코치가 먼저 입을 열었다.

"작전이 없음이라는 뜻이네?"

"맞아요."

머리를 굴려봤지만, 마땅한 작전이 떠오르지 않았다.

물론 작전을 구상할 수 있는 여지는 많다.

다른 클래스를 꺼내면 된다. 그러나 4강 경기가 바로 다음 주에 펼쳐질 예정인데, 언제 레벨 업을 시키고 언제 템 파밍을 시키고 그 과정을 계속 반복할 텐가.

부캐가 하나 있긴 했지만, 강민허의 손에 익는 건 역시 라울뿐이었다.

작전을 구사한다 하더라도 어디까지나 라울이 주가 되는 작전을 펼쳐야 한다. 괜히 어설프게 부캐를 꺼냈다가 작전이 실패하기라도 한다면, 바로 4강 탈락이다.

결승을 목전에 두고 탈락이라니. 그것만큼 억울한 일도 없을 것이다.

그래서 강민허는 떠올렸다.

그냥 순수 피지컬 싸움으로 가자고.

장지석 선수도 별다른 작전 없이 순수하게 심리전과 피지컬만으로 이 정도 되는 지위까지 올라선 남자다.

피지컬 대 피지컬 대결은 오히려 강민허가 바라던 양상이다.

답이 없어서 피지컬 싸움으로 가자는 게 아니었다.

오히려 이것밖에 답이 없다.

"……."

허태균 감독은 생각에 잠겼다.

그도 강민허와 마찬가지로 전략 연구에 힘을 쏟아봤다.

그러나 결과적으로는 좋지 않았다.

마땅한 대안이 떠오르지 않았다. 결국 강민허의 제안이 해답이 될 수도 있었다.

5선 3선승제 경기 중 누가 더 피지컬이 뛰어나느냐의 싸움으로 결승 진출이 누구에게 주어지느냐가 판가름날 것이다.

허태균 감독은 오랜만에 입을 열었다.

"4강이라는 타이틀에 어울릴 만한 경기가 나오겠네."

"그럴 겁니다."

허태균 감독은 강민허의 의견에 찬성했다. 나선형도 이견이 없음을 알렸다. 남은 인물은 오진석 코치 한 명뿐.

그러나 오진석 코치는 뭔가 불안했다.

"그래도 필살기성 전략 하나 정도는 들고 가는 게 좋을 거 같은데… 2 대 2 스코어가 되었을 때라든지, 아니면 2 대 0으로 오히려 밀리고 있다든지 할 때, 분위기 흐름을 반전시키기 위한 용도로 필살기성 전략 하나 꺼내보는 건 나쁘지 않을 텐데."

"코치님, 좋은 의견이 있다면 언제든 받을게요."

돌려서 말한 거지만, 강민허는 오진석 코치에게 이렇게 말한 것과 다를 바가 없었다.

괜찮은 작전 있으면 알려줘라.

여기에 오진석 코치는 이렇게 대답할 수밖에 없었다.

"피지컬 싸움으로 가자! 남자답고 좋네!"

"거 봐요."

결국 강민허의 의견에 따르기로 합의를 봤다.

*　　　*　　　*

연습에 몰두하는 동안, 시간은 금방 흘렀다.

벌써 4강 첫 번째 경기가 펼쳐지는 날이 다가왔다.

그동안 강민허는 평소와 다를 바 없는 컨트롤 연습에 치중하고 또 치중했다.

가끔 트라이얼 파이트 7을 켜서 플레이를 하는 모습도 보였다.

감을 되찾기 위해서였다.

강민허가 만든 쪼렙 격투가 캐릭터, 라울은 트라이얼 파이트 7의 라울을 그대로 옮겨 담은 캐릭터다.

최강의 쪼렙 캐릭터. 그것이 바로 라울이었다.

이제는 더 이상 누구도 라울이 쪼렙이라고 무시할 수 없었다. 강민허는 라울로 2부 리그 우승을 거머쥐었고, 쟁쟁한 선수들만 모였다는 개인 리그 4강 진출까지 일궈냈다.

강민허의 성과는 로인 이스 온라인 분야뿐만 아니라 모든 게이머들의 관심을 독차지했다.

어떻게 쪼렙으로 개인 리그 4강을, 그것도 e스포츠 강국 중에서도 강국이라 불리는 대한민국의 개인 리그 4강 결과를 일궈냈을까.

그러나 강민허는 아직 승리에 목이 말랐다.

목표는 도백필이다!

강민허는 애초에 도백필을 쓰러뜨리고 자기가 최고가 되기 위해 로인 이스 온라인의 세계에 발을 들였다.

아침에 일어난 강민허는 스트레칭으로 몸을 푼 뒤, 식사를 마치고 경기장으로 향할 준비를 서둘렀다.

오늘의 경기는 오후 4시부터 시작될 예정이었다.

경기장에는 벌써부터 많은 인파가 몰려들었다.

뜨거운 현장의 분위기. 그 속에서 강민허가 탄 차량이 경기장 뒤편에 모습을 드러냈다.

몇몇 열성팬들은 선수들이 경기장에 입장할 때, 뒷문을 통해 입장한다는 정보를 알고 있어서 그런지 미리 대기를 하는 모습을 보여줬다.

강민허가 도착하자마자 이들은 하나같이 전부 다 강민허의 이름을 외쳤다.

"하나, 둘, 셋!"

"강민허 파이팅!!!"

"오늘, 결승 꼭 진출하세요!"

"힘내세요!! 파이팅입니다!!!"

팬들의 응원에 강민허는 손을 흔들어주며 화답했다.

열성팬들은 강민허에게 다가가 사인을 부탁하거나 하지 않았다. 경기가 끝난 후라면 그렇게 했을지도 모르지만, 아직 강민허는 경기를 치르지 않았다. 컨디션 조절에 방해가 되는 행동을 하는 건 팬으로서 해서는 안 되는 행동이었다.

이들은 그 규율을 잘 따랐다.

팬들의 응원을 받으며 경기장으로 들어선 강민허.

평소에 경기를 치르던 그 경기장 그대로다. 그러나 오늘은 느낌이 달랐다.

"4강이라."

프로게이머 중 선택받은 몇몇만이 올라올 수 있다는 개인 리그 4강, 강민허가 여기까지 오는데 그리 오랜 시간이 걸리진 않았다.

재능 넘치는 게이머의 위엄은 여전히 살아 있었다.

대기실로 가 메이크업을 받았다.

장지석은 강민허보다 한발 먼저 도착해 있었다.

"서로 좋은 경기 펼쳐봅시다."

"물론이죠. 그리고 누가 이기든, 원망하지 않고 축하해 주기 어떻습니까?"

강민허의 익살스러운 멘트에 장지석은 피식 웃었다.

"좋죠."

강민허는 장지석의 이런 태도가 매우 마음에 들었다.

승부는 승부일 뿐. 개인적인 원한이나 악감정은 지우는 게 좋다.

*　　　　*　　　　*

시간이 흘러 드디어 4강 경기가 펼쳐지기 일보 직전까지 왔다.

민영전 캐스터의 멘트 하나하나가 장내를 뜨겁게 달궜다.

이번에도 강민허를 응원하기 위해 셀리아가 직접 관중석을 찾았다.

팀 관계자들은 맨 앞줄에 앉아서 경기를 관람할 예정이다.

오진석 코치는 가슴 위로 손을 올렸다.

"왜 제가 다 떨리는지 모르겠습니다."

"당연하지. 나도 떨리는데 뭘?"

허태균 감독도 스스로 고백을 했다.

그럴 수밖에 없었다.

만약 오늘, 강민허가 4강 경기에서 승리를 따내게 된다면, ESA는 실로 오랜만에, 정말 오랜만에 개인 리그 결승 진출자를 배출하게 된다.

결승전에서 우승하면 더할 나위 없이 좋겠지만, 그래도 허태균 감독은 강민허가 일단 결승 무대라도 한 번쯤은 밟았으면 하는 바람을 가지고 있었다.

강민허는 재능이 출중한 프로게이머다. 게다가 아직 젊다. 그에게는 많은 기회가 남아 있다.

이번 개인 리그의 경험이 앞으로 강민허의 프로게이머 인생에 있어서 커다란 자산이 될 것이다. 허태균 감독은 그렇게 생각했다.

그래서 이번 리그에서 할 수 있는 경험은 모두 다 경험해 봤으면 하고 바라고 있었다.

물론 우승을 경험한다면야 좋겠지만 말이다.

강민허는 가볍게 몸을 풀었다.

이제 대망의 4강 첫 경기가 펼쳐질 예정이었다.

강민허의 책상 위에는 팬들의 염원을 담은 치어풀이 장식되어 있었다.

'나쁘지 않네.'

트라이얼 파이트 7에서는 이런 치어풀도 없었다. 응원해 주는 팬들은 많았지만, 격투 게임의 경우에는 로인 이스 온라인처럼 치어풀을 놓을 만한 공간이 없었다. 안 해준 게 아니라 못 해준 거였다.

옷소매를 걷어 올렸다.

경기에 들어가기에 앞서, 최종 점검을 하기 위해 나선형 코치가 부스 안으로 들어왔다.

"컨디션은 어때?"

"최상입니다."

"그럼 오늘 경기, 네가 이길 거라고 기대해도 되겠지?"

"물론이죠."

"그래. 진성이하고 개인 리그에 못 올라온 ESA 팀원들을 위해서라도 힘내라! 파이팅이다!"

나선형은 강민허의 어깨를 주물러 주면서 파이팅 기운을 주입시켰다.

기합이 잔뜩 들어간 강민허.

이런 상황은 충분히 많이 접해왔다.

별거 아니다. 스스로 그렇게 자신감을 불어넣었다.

강민허는 기계가 아니다. 인간이다. 그도 긴장이라는 걸 한다.

강민허에게 기합을 잔뜩 넣어주고 온 나선형은 허태균 감독과 오진석 코치가 기다리고 있는 좌석으로 돌아왔다.

허태균 감독이 먼저 물었다.

"어떠냐, 민허?"

"처음 봤어요."

"뭘?"

"민허가 긴장하는 거요."

"…그래?"

허태균 감독의 한쪽 눈썹이 꿈틀거렸다.

강민허가 긴장이라니. 그만큼 이번 경기가 중요하다는 바를 시사하는 것일지도 몰랐다.

오진석 코치는 나선형 코치의 말을 듣고 불안감이 극도로 상승했다.

"민허 녀석, 저러다가 지는 거 아닐까요?"

"글쎄다. 이기고 지고는 우리도, 선수들도 모르지. 오로지 신만이 알지 않을까."

코치진들이 할 수 있는 건 다 했다.

이제 남은 건 강민허가 최선을 다해주기만을 바라는 것뿐.

'힘내라, 민허야. 네가 우리 팀의 희망이다!'

허태균 감독은 조용히 강민허를 응원했다.

*　　　　*　　　　*

심판이 채팅창에 곧 있으면 경기 시작하겠다는 문구를 올렸다.

장지석은 손목을 풀었다.

'…드디어군.'

긴장하는 건 강민허뿐만이 아니었다.

장지석도 마찬가지였다.

그는 실로 오랜만에 4강에 자신의 이름을 올렸다. 개인 리그 우승 경험도 있고, 높은 곳까지 자주 올라갔었던 장지석.

그러나 요즘은 좀처럼 좋은 성적을 내지 못하고 있었다.

물론 다른 선수들의 기준에서 봤을 때에는 장지석은 꾸준히 성적을 유지하고 있는 것으로 보였다. 객관적인 기준을 놓고 봤을 때에도 장지석은 슬럼프라고 보기 힘든 성적을 보였다.

하나 장지석 개인이 스스로를 평가했을 때에는 만족스럽지 못했다.

장지석은 이번 개인 리그를 계기로 다시 한번 부활의 신호탄을 쏘아 올릴 생각을 하고 있었다.

설령 결승전에서 만날 상대가 도백필이라 하더라도 장지석은 질 생각이 없었다.

'미안하지만 결승으로 가는 사람은 나다, 강민허!'

그렇게 결심을 했다.

부스 바깥쪽에서 민영전 캐스터의 우렁찬 외침이 들려왔다.

"지금부터 강민허 대 장지석! 장지석 대 강민허의 4강 첫 번째 경기를 시작하도록 하겠습니다!!!"

부스가 떨리기 시작했다.

관중들의 함성 소리가 얼마나 큰지 몸소 체험할 수 있었다.

헤드셋을 착용한 장지석.

이제부터 혼자만의 시간이다.

아니, 혼자가 아니다.

적으로 등장한 강민허. 둘만의 시간이다.

"……."

장지석은 본인의 플레이를 고집하기로 했다. 변수의 강민허지만, 그렇다고 지금까지 고집해 온 플레이를 버리고 어쭙잖은 시도를 하고 싶진 않았다.

상대방이 변수로 나와도 장지석은 정석으로 밀어붙이기로 결정했다.

장지석에게는 실력이 있지만, 경험도 있다.

강민허가 유일하게 장지석을 앞서지 못한 요소.

경험을 믿고 장지석은 본인만의 스타일을 이어갔다.

대검을 끌고 천천히, 천천히 강민허에게 접근했다.

'또 무슨 이상한 짓을 벌일지도 몰라. 조심해야 해!'

강민허의 변수를 조심하면서 신중하게 거리를 좁혀 들어갔다.

거리가 가까워졌다고 판단될 무렵.

파밧!

드디어 강민허의 라울 캐릭터가 움직이기 시작했다!

장지석의 캐릭터는 '방어'라는 자세가 없다. 애초에 방패 아이템을 가지고 있지 않았기에 가드 스킬이 없다.

장지석이 할 수 있는 일이라고는 맞는 것뿐.

그의 입장에서 보자면 다행스러운 일일지도 모르겠찌만, 강민허의 기본 공격 스킬은 대미지가 그렇게까지 높지 않다.

강민허의 가장 무서운 점은 바로 콤보.

격투가 클래스는 스킬을 연계하면 연계할수록 대미지를 높게 뽑아낼 수 있는 그런 클래스다.

연계 기술을 먹이기가 쉽지 않기에 사람들은 격투가 클래스를 잘 선택하지 않는다. 그래서 졸지에 희귀 클래스가 되어 버린 것이다.

그러나 강민허는 오히려 콤보 메리트를 가지고 있는 캐릭터가 손에 맞았다.

격투 게임을 하다 와서 그런지 강민허에게는 콤보라는 것이 너무나도 익숙하게 느껴졌다.

커맨드 입력 콤보도 강민허는 어렵지 않게 넣을 수 있었다.

강민허의 콤보 성공률은 거의 100퍼센트라고 봐도 무방했다.

장지석이 주의해야 할 것은 콤보를 넣는 것을 주의하는 것. 바로 그것이다.

연계기의 처음을 알리는 공격 스킬을 당해주지만 않으면

된다.

그것만 피한 채 HP를 줄이고, 대미지 버프를 받은 다음에 강민허를 천천히 구석으로 몰아가면 된다.

무리하게 빠져나오려는 움직임을 조금이라도 보일 시, 장지석은 강민허에게 일격을 날릴 것이다. 그 순간이 강민허의 최대 위기가 될 것이다.

라이트닝 어퍼를 날려보는 강민허. 공중 콤보의 막을 여는 가장 기본적인 스타트 스킬이었다.

'왔구나!'

장지석이 가장 견제하고 있는 스킬 중 하나가 라이트닝 어퍼였다. 라이트닝 어퍼가 시전되자마자 장지석은 캐릭터를 뒤로 뺐다.

백스텝. 광전사 클래스가 가지고 있는 몇 안 되는 회피 기술이었다.

백스텝은 공용 스킬이다.

강민허도 가지고 있지만, 굳이 강민허가 백스텝을 시전할 이유는 없었다.

강민허는 두드리지 않는 문이 열릴 때까지 계속 두드려야 하는 역할이었다. 그런데 걸음을 뒤로 물린다는 건 말이 안 된다.

계속 공격을 감행해도 모자랄 판국에 뒷걸음이라니. 강민허의 계획에 그런 건 없다.

자세를 가다듬은 강민허.

'아마 저 백스텝은 내 라이트닝 어퍼 스킬 쿨이 돌아올 때마다 계속 쓰려고 아껴두겠지.'

강인함이 높아서 라이트닝 어퍼나 잡기 같은 스턴, 다운 계열 스킬을 쓰지 않는 이상은 광전사의 전진을 멈추기 쉽지 않아 보였다.

공격을 감행하는 와중에 광전사 클래스는 천천히 앞으로, 앞으로 전진했다.

각을 좁히기 위함이었다.

중계진 쪽에서는 난리도 아니었다.

"강민허 선수! 이대로 계속 압박을 받으면 장지석 선수의 의도대로 흘러갑니다!"

"장지석 선수의 필승 패턴으로 가고 있네요."

"강민허 선수는 이 위기를 어떻게 극복할지. 기대가 되는 한편 걱정도 되네요. 장지석 선수의 저 전략은 단순해 보일지 모르지만, 깨뜨리기 어려운 전략이거든요."

무리하게 포위망을 벗어나려고 하면, 그 순간 장지석의 대검이 날아든다.

그것만큼은 피해야 한다.

"……."

강민허는 계속해서 견제타를 날리면서 거리를 벌렸다.

하필이면 맵도 가장 사이즈가 작은 맵으로 걸리게 되었다.

바로 등 뒤에 벽이 닿았다.

장지석은 씨익 미소를 지었다.

때마침 HP도 30% 이하로 남았다. 공격력 상승 버프가 대검에 실렸다.

"끝이다, 강민허!"

승리의 예감이 들었다.

있는 힘을 다해 대검을 휘둘렀다. 여타 다른 캐릭터가 맞으면 2~3방에 가겠지만, 강민허 같은 저레벨 캐릭터는 한 방이면 충분하다.

그래서 장지석은 더욱 자신이 있었다.

하나.

장지석이 잊은 게 있었다.

"어이가 없군."

강민허는 헛웃음을 삼켰다.

"나를 물로 봐도 너무 물로 봤어."

라울이 자세를 취했다.

그러고서 스킬을 하나 사용했다.

카운터 어택.

초반에 강민허를 먹여 살렸던 바로 그 반격기다.

"······!"

장지석의 얼굴이 굳어졌다.

공격을 캔슬하기에는 너무 늦었다. 강민허의 카운터 어택이 발동되는 순간, 장지석에게 엄청난 대미지가 반사되어 들어왔다.

안 그래도 HP가 30% 이하로 낮춰진 상태였다. 여기서 장지석의 혼신의 일격을 담은 공격이 반사되어 돌아오니······.

버틸 재간이 없었다.

무섭게 하락하는 HP바.

제로를 가리키는 순간, 민영전 캐스터의 목소리가 높아졌다.

"GG!!! 강민허 선수, 첫 세트를 가져갑니다!"

"아주 놀랍네요! 강민허 선수, 오랜만에 카운터 어택을 선보였습니다!"

"강민허 선수의 밥줄이기도 했던 스킬이었죠! 그동안 카운터 어택을 거의 사용 안 하다시피 했었는데, 4강에 와서 드디어 한 번 보여주네요!"

강민허는 오랫동안 카운터 어택을 사용하지 않았었다. 8강 경기에서는 단 한 번도 카운터 어택 스킬을 사용하는 모습을 보여주지 않았다.

오히려 다른 아이템 세팅으로 승리를 따내는 모습을 보였다. 공식 경기에서 한동안 카운터 어택 스킬을 사용하지 않다가 이제야 한 번 사용했다.

장지석의 미스였다.

"카운터 어택이 있었다는 사실을 완전히 까먹었어······!"

철저하게 준비를 했어야 했다.

그러나 강민허 선수의 최근 경기 영상만을 보면서 준비를 하다 보니 자신도 모르게 카운터 어택이라는 무서운 반격 수단을 잊어버린 것이다.

준비 과정에서 발생한 실수가 1패라는 무서운 결과로 돌아오게 되었다.

*　　　　*　　　　*

"휴! 살았네."

강민허는 안도의 한숨을 내쉬었다.

카운터 어택은 성공할 확률이 정말로 낮다. 공식 경기에서도 거의 나오지 않았을 정도로 성공 확률이 극악이다.

그러나 강민허에 한해서만 성공 확률이 100%였다. 그의 넘치는 재능 덕분에 강민허는 어렵지 않게 카운터 어택을 성공시킬 수 있게 되었다.

보통 프로게이머들은 경기 준비에 임할 때, 상대방이 카운터 어택으로 불리한 경기 흐름을 역전시킨다는 경우의 수를 고려하지 않는다. 그만큼 카운터 어택 스킬은 정말로 활용하기 어려운 스킬 중 하나였다.

모든 스킬을 통틀어 가장 어렵다고 해도 무방할 정도였다.

강민허만의 강력한 무기가 통한 셈이었다.

1승을 먼저 챙긴 강민허.

그러나 마냥 기뻐할 수만은 없었다.

"이제 카운터 어택을 보여줬으니, 장지석 선수는 분명 반격기까지 고려하는 플레이를 보여주겠지."

빤히 예상되는 시나리오였다.

사실 카운터 어택은 필살기성 전략에 가까웠다. 전략이라고 하기에도 뭣했다. 그냥 스킬이다. 아껴뒀던 스킬을 오랜만에 사용해서 반전을 꾀찬. 딱 그런 형태였다.

장지석 정도 되는 선수가 같은 전략에 두 번이나 당해줄 것 같지는 않다.

이제 강민허는 또 다른 승리의 열쇠를 찾아내야 한다.

세팅 과정은 길지 않았다. 장지석은 바로 두 번째 세트로 가자는 신호를 보냈다. 물론 강민허도 마찬가지였다.

어차피 마땅한 작전도 안 가져왔다. 피지컬 싸움으로 끌고 갈 생각이었기에 고민할 시간도 필요 없었다.

민영전 캐스터는 두 선수가 준비가 끝났다는 소식을 듣자마자 감탄을 내뱉었다.

"두 선수! 준비가 굉장히 빠릅니다!"

하태영 해설 위원도 한마디를 보탰다.

"원래 장지석 선수는 한 세트 끝나고 생각을 좀 했다가 다음 세트에 들어가는 걸로 유명한데. 오늘은 정말 이례적이네요."

하태영 해설 위원에 뒤를 이어서 서이우 해설 위원이 사건을 드러냈다.

"제가 보기에는 흐름을 다시 되찾으려고 그러는 거 같은데요. 솔직히 첫 번째 세트를 다시 되짚어서 살펴보자면, 장지석 선수는 보여준 게 아무것도 없습니다. 그냥 강민허 선수에게 일방적으로 맞다가 패배한 것밖에 없어요. 물론 이것이 원래 장지석 선수의 스타일이긴 하지만, 후반은 항상 장지석 선수의 흐름이었거든요. 근데 첫 세트에서는 전반부터 경기가 끝나는 후반까지. 쭉 강민허 선수의 페이스였습니다. 허무하게 패배했다는 말이 나올 수밖에 없는 상황이죠. 이 상황을 타개하려면 우선은 두 번째 세트를 가져오는 게 최상입니다. 고민할 여지가 없는 거죠."

서이우 해설 위원의 말이 옳았다.

다전제 경기에서 가장 중요한 건 바로 기세다.

이미 강민허에게 한 번의 기세를 내주게 된 장지석. 그가 선택할 방법은 최대한 빠른 시간 내에 승리를 가져오는 것이다.

바로 시작된 두 번째 세트.

초반 경기 양상은 아까와 같았다.

강민허가 계속해서 장지석을 두드렸다.

장지석의 광전사 캐릭터는 맞으면서 차츰 HP바가 내려갔다.

최대 공격력 버프를 받으려면 10% 이하까지 HP를 내려야 한다. 그러나 상대가 강민허라면, 그렇게까지 HP를 낮출 필요가 없어진다. 30% 이하면 된다. 그 정도 공격력 버프를 받아도 강민허를 일격에 없애는 데에는 큰 문제가 없었다.

'상대가 쪼렙 캐릭터가 주력이라는 점이 이럴 때 도움이 될 줄이야.'

쪼렙 캐릭터를 들고 온 강민허가 감수해야 하는 위험 부담이다. 만약 강민허가 라울을 만렙까지 키웠더라면 이런 불리함은 없었을지도 모른다.

강민허가 자초한 일이다.

'네 실수다! 강민허!'

장지석은 다시 한번 입꼬리를 말아 올렸다.

카운터 어택만 조심하면 된다.

장지석은 이미 그에 대한 대비책을 다 세워뒀다.

카운터 어택을 한 번 쓰게끔 처음에는 약한 공격으로 페이크를 준다. 강민허가 약 기본기 공격에 놀라 카운터 어택을 쓰는 순간, 장지석은 두 번째 일격에 회심의 공격을 날릴 것이다.

카운터 어택 쿨타임이 다 차기 전에 필살의 일격을 날린다. 그렇게 되면 강민허에게 반격의 기회는 없어지게 된다.

이론상으로는 완벽하다.

점점 뒤로 물러서는 강민허. 구석에 몰렸을 때, 장지석의 HP는 때마침 30% 이하로 떨어져 있었다.

'좋았어!'

장지석은 바로 약 기본기 공격을 날렸다.

강민허는 장지석이 공격을 날릴 준비를 한다는 사실을 포착하자마자 바로 반격기 커맨드를 입력했다.

카운터 어택 발동!

약 기본기 대미지가 장지석에게 향했다.

HP가 25% 이하로 떨어졌다.

"됐어!"

강민허의 일발 역전 수단인 카운터 어택을 소모하게 만들었다.

이제 남은 건…….

"승리를 챙기는 일뿐이다!"

장지석은 곧바로 큰 공격을 날리기 위해 대검을 휘둘렀다.

그러나.

강민허는 이미 그 자리에 없었다.

"엇……?!"

놀란 나머지 장지석은 순간 움직임을 멈췄다.

카운터 어택을 가한 강민허. 그사이에 장지석에게 약간의 경직이 발동했다.

그 틈을 노려 강민허의 라울은 구석을 빠져나갔다.

카운터 어택을 구석에서 빠져나가는 용도로 사용한 셈이었다.

강민허도 알고 있었다.

장지석이 약 기본기 공격으로 카운터 어택을 유도할 거란 사실을!

"뭐지? 내가 약 기본기로 카운터 어택을 유도할 거라는 걸 알고 있었는데도 일부러 당해준 이유가 뭐냐고, 도대체!"

머릿속이 복잡해졌다.

장지석이 깨닫지 못한 사실이 있었다.

강민허는 웃음을 흘렸다.

"본인의 스타일에 엄청난 약점이 있다는 사실을 아직 모르나 보군."

강민허의 라울은 자체 헤이스트 버프 스킬을 발동시켰다.

움직임이 빨라졌다.

"내가 깨닫게 해주지."

강한 자신감을 드러내는 강민허.

본 게임은 이제부터 시작이다.

『재능 넘치는 게이머』 5권에 계속…